想ひ一

序文

竹は縦に筋目がある。その筋目に従い縦にさけば簡単にさくことができる。ところが筋目に従わず横にさこうとすれば容易にさくことができない。世の中のことは同様にそれぞれに理がある。ものの理を知りその理に従えば自分も益し他人も益することになる。理を知らずに理に逆らってしようとすれば何事もうまくいかず、自分も害し他人も害することになる。

ところが理は一見してわかるものばかりでない。何かにおおわれ、なかなかわからないものも少なくない。一見して理と見えることもよく考えてみれば理でないこともある。理はとらえようと努力しなければなかなかわからない。数学の問題を解こうとする時、自分の手で数式を書きながら解かないと解けない。自分の手で書き、試行錯誤し、誤った所を修正して思考過程をまとめていって初めて数学の問題を解くことができる。同様にものの理も自分の言葉で書き、思考過程をまとめることをしなければとらえることができない。理を知るためには書くことが必要なのである。

そうやって書きとめて自分では理であると確信していても他人の目から見ると明らかに誤っているものもあるだろう。だからその考え方に対し諸賢の意見を聞くことが望ましい。この『想ひ』は私が理をとらえようとして試行錯誤した記録である。諸賢の目から見て明らかに誤りと思うものがあれば、教えていただければ幸いである。左記がメールアドレスである。

akiraimakura@hotmail.co.jp

なおこの本は最初から読まなければ意味がわからないものでない。それぞれの項目は独立している。項目の順番は題を五十音順に並べただけである。

またこの本には索引をつけないが、左記のサイトでこの本の索引を提供している。

http://kiboinc.com

今倉　章

目次

あ行　あ〜お

か行　か〜こ

さ行　さ〜そ

た行　た〜と

な行　な～の

は行　は〜ほ

ま行　ま〜も

や行

や〜よ

ら行

ら〜ろ

1　愛国心は詭弁である

孟子を読むと人は仁政を行う国に住もうとすることを当然のこととしている。人は自分の生まれた国のために戦わなければならないなどとは一言も言っていない。愛国心とか祖国のために戦うとか言うのは、その国の支配階級が自国民を戦わせ自分達の権利を守るために言い出した詭弁に過ぎない。神風特攻隊は祖国日本を守るために戦い死んでいったと言うのは正しくない。神風特攻隊は日本の支配階級を守るために戦い死んでいったのである。ネルソンは祖国イギリスを守るためにナポレオンと戦い死んでいったと言うのは正しくない。ネルソンはイギリスの支配階級を守るために戦い死んでいったのである。

人間は自分の生まれた祖国のために戦う義務を有していない。人間は仁政がなされている、自分の最も住みやすい国に住む権利を有している。

2　相手の弱点

相手が動く所、そこが相手の一番の弱点である。
相手が正しいと信じて疑わないこと、そこが相手の弱点である。
相手が利とする所、そこが相手の弱点である。

相手の驕る所、そこが相手の弱点である。

3　あこがれることをすべきか

人間は自分のできないことにあこがれ、うらやましく思い、称賛する傾向がある。自分よりずっと野球のうまい人にはあこがれ、自分もあんな人になりたいと思う。自分よりずっと歌のうまい人にはあこがれ、自分もあんな人になりたいと思う。自分よりずっと記憶力のよい人にはあこがれ、自分もあんな人になりたいと思う。しかし人間はその生まれつき、生育環境により、優れた能力がある程度決まっている。努力すれば誰でもプロの野球選手になることができるわけでない。努力すれば誰でもプロの歌手になることができるわけでない。努力すれば誰でも司法試験に通るほど記憶力がよくなるわけでない。自分のできないことにあこがれ、それができるようになろうと努力するよりも、自分に与えられた能力をのばすことに努力すべきである。人間は社会生活をする動物だから一つ非常に優れた能力があれば、それで生活はできる。野球も人並できる、歌も人並歌える、記憶力も人並あるが、何ら優れた能力がないでは社会生活は難しくなる。

4　穴場と言われる所は本当に穴場か

花火大会の穴場としてインターネット上に載っている情報がある。しかしインターネット上に載せてしまうと当然多くの人が見るわけで、そこがよいと多くの人が押しかけることになる。以前は本当に穴場であったとしても公開したがために穴場でなくなってしまうのである。反対にインターネット上で人がいっぱいで昼から席取りをしなければならないなどと書かれている所は、皆が敬遠するから案外すくことになる。

だから人の情報をうのみにするのでなく、実際に自分で足を運んで確かめることが必要になる。

5　危ない所はどこか

鷹が鳥をとらえる時は鳥がとまっている所を狙わず鳥がとまっている所から飛び立った瞬間を狙うという。鳥がとまっている時はどの方向にも動くことができるからとらえにくい。動き出すと急に方向転換ができないから、しばらくはその方向に行くことになる。動きが読めるからとらえやすい。人間も利を求めて動き出した時、その動きが読まれるから倒されやすい。

6 誤りと失敗の始まる所

自分の周囲のいくらかの人と考え方が同じなら、自分の仲間がいるのだから自分は正しいと思ってしまう。このようにして理でないことを正しいと信じることになる。理でないことを正しいと信じ動けば、理に逆らっているのだから物は動かず失敗することになる。多くの誤りと失敗は周囲の人と同じように考えているから自分は正しいのだと思うことから始まる。

7 争いには種をまくこと

草はどんなに盛んに生え茂っているものでも冬が来ると枯れ朽ちてしまうものが多い。こういう環境で自分達の勢力を拡大するには、種をたくさんつくり、それをあちこちにばらまき、できるだけ多くが芽が出て成長するようにすることが肝要である。自分が朽ち果ててもまた多くの種から芽が出て育つなら、次の世代は勢力を拡大することになる。今どんなに勢力盛んに生え茂っているものでも、種があまりなく、あってもあまり芽が出ず、芽が出てもあまり成長しないものは次世代で勢力が衰える。これを繰り返すとやがて他の品種に完全に負かされついには絶滅してしまう。

人間の人生は今日一日だけでない。人生は一ヶ月、一年、十年と続くものである。ただ今日一日の勝ちを求め、一年後、一ヶ月後、十年後に芽をふき育つ種をまいていないならば、一ヶ月後、一年後、十年後の戦いで非常に不利になる。今日一日で大勝してもその勝ちが将来まで続かない。人と争う時今日一日の勝ちを求めるのでなく、後に芽をふく種をたくさんまくことが肝要である。たとえ今日の戦いで大敗してもその種が将来芽をふき将来の戦いで非常に有利になる。

8　争いは相手が間違っていると主張することから起こるが、人間は間違うものである

世の中の争いは自分が正しくて相手が間違っていると主張することから起こることが多い。間違っていると言われた相手は傷つけられ、怒り、その相手を間違っていると主張する。お互いに相手を傷つけ合うことを繰り返し、憎悪がどんどん増してついに殺人や戦争にまで発展する。しかし大脳は間違う臓器である。自分が間違っていて何がいけないのか。相手が間違っていて何がいけないのか。大脳は間違うものであり、間違うのは当たり前のことである。

9　家柄がよい人とはどういう人か

家柄がよい人と言われる人がいる。家柄がよいとはどういうことを言うのだろうか。総理大臣を出した家の子孫とか、大会社のオーナーの子孫とかは家柄がよいと言われる。つまり先祖に富貴を極めた人がいる人は家柄がよいと言われる。

堯舜《ぎょうしゅん》の時代は天下を取るのに武力は必要としなかったかもしれない。しかし武力と武力の衝突により勝った者が天下を取るようになってからもう数千年になる。武力によりライバルを殺傷することでこの数千年間天下を取ってきたのである。多くの人を殺して天下を取った者に協力し功績のあった者は地位と富が与えられた。多くの人を殺した人に尽すことで地位と富を得てきたのである。ただし、人格が高潔で才能があるため時の権力者が高い地位を与えた者もいるし、時の権力者に協力せずに自分の才覚で富を得た者もいる。しかしそういう人は少数である。富貴を得た人の多くは殺人者か殺人者に協力した者であると言うことができる。だから家柄のよい人とは、殺人者か殺人者に協力した人の家系であるということが多い。

10　医学は人間の大脳で他の臓器を解明しようとするが、それは可能か

医学は人間の体を解明しようとする。わかったことが医学知識となり、人間の体はこのように動いているのだと説明される。医学は人間の大脳で人間の他の臓器を解明しようとしているのである。ここには人間の大脳で人間の他の臓器を解明できるのだという仮定がある。他の臓器の働きは人間の大脳で理解できるものだと思っている。しかしそれは人間の大脳で理解できないものかもしれない。なぜなら大脳は体の外にあるものを処理するのがその主な役割であり、体の中を処理するのはその本来の役割でないからである。

11　偉人になる道は自分の感覚にもとることである

人間にとって一番過ごしやすい気候は5月はじめや10月はじめの頃だろう。人と場所により少し違いはあるが。私は一年中5月はじめのような気候ならどんなにいいだろうといつも考えていた。どうしてつらい冬があるのだろうと思っていた。けれど人間を本当に幸福にするためには、冬がなければならないことを知った。冬はつらい。つらいから、そのつらさが体を鍛える。だから体が強くなる。体が強くなるから病気をしない。だから幸福になりやすい。一年中5月、10月のような気候なら、体を鍛えることがない。鍛えることがないから体が弱くなる。体が弱くなるから病気がちとなる。だから不幸になりやすい。

感覚というのは、単にある瞬間に自分の体が心地《ここち》よく感じるというだけのことである。その気持のよいことが後に益をもたらすか、害をもたらすかということを考えはしない。人間の体や頭の発達は必ず不快感から始まる。寒い目に会わせれば寒さに強くなる。重たいものを苦労して持ち上げておれば力が強くなる。知恵はわからないという不快感に始まる。いつも適温におれば、寒さにも暑さにも弱くなる。いつも軽いものしか持ち上げないならば、力は強くならない。何でもわかったと思っておれば知恵は発達しない。人間の頭や体を発達させるには、感覚が苦とすることを理性の力でやらなければならないのである。

感覚は単に自分が気持ちよく感じるというだけのことである。自分を利することばかり考えて人を利することを考えないなら人を害することになる。ある人が他の人々を害すれば、他の人々は報いにその人を害する。感覚に従えば人も自分も不幸にするのである。

感覚により多く従うか、理性により多く従うかということで、人は二つに大別できる。感覚にだけ従う人は知力も体力も発達することがない。また他人を常に害し、それがために常に他人に害される。理性に従う人は知力も体力も発達する。また常に他人を利する。それで他人にも利されることが多い。

偉人になる道は自分の感覚にもとることである。

12　偉人のように行動できるためには

偉人が使った机とか偉人が着た服とかがその人の記念館に展示されている。高値で買い取り自分の所有とする人もいる。しかしそのようなものを見たり所有したりしたところで何の益があるのだろうか。それによって自分の生活が変わるのだろうか。古典として伝わる偉人が書いた書物はその偉人が使った言葉である。書き言葉であるから話し言葉ほどその人の心を伝達することはできない。しかしそれでもその偉人の使った言葉の一端に接することができる。人間は言葉を手段として考え行動する。その偉人が使った言葉に接し、その言葉を自分の言葉とすると自分もその偉人のように行動できる。これは自分の生活に大きな変化をもたらす。古典は偉人の記念品ほど高価なお金を出さなくても購入できる。それでいて私達の生活に大きな益を与える。

13　一番知らないものは何か

私達が一番知らないのは自分自身だろう。なぜなら自分のことは一番知っているように思っているからである。自分はこういう人間だと思いこんでいるからである。

14　一面の理にとらわれるから誤りが起こる

人間のすることはすべて一面の理がある。一面の理がなければ人間が何かをすることはない。それでは一面の理があるのになぜ人間は誤りをするのだろうか。一面から見ると理であっても他面から見ると理でないからである。それで全体的に見ると理でないのである。一面の理にとらわれることから、人間のすべての誤りが起こる。

専門家とは他の面を見ずにある特定の面だけを見ている人のことである。専門分野という面から見たら理であっても、他の面から見ると理でないことが多い。専門家は一面しか見ていないのだから誤りが多くなる。

15　一文無しが富豪よりたくさんの財産を持っているという話

財産を持っている人とはどういう人を言うのだろうか。豪邸に住んで、土地をたくさん持ち、預金が何億もあり、高価なブランド物、機器、宝石をたくさん持っている。こういう人を一般的には財産を持っている人と言う。しかしその財産を持っている人が急に目の病気になり、このままでは失明すると医者に言われた。ところがその人が持っているすべての財産を売り払えば買えるほどの高価な薬があり、その薬を使えば失明を免れることが確実ならその富豪はその薬を買うだろうか。自分の財産をすべて売り払い一文無しになってもその薬を買うだろうか。ほぼ百パーセントその薬を買うだろう。すると健康な目は豪邸、たくさんの土地、何億もの預金、たくさんの高価なブランド物、機器、宝石をすべて合わせたものよりも価値があるのである。これは目だけでない。肺も心臓も肝臓も腎臓も大変な価値を持っている。健康な臓器を手に入れるためなら富豪はそのすべての財産をも差し出すのである。まったくの一文無しでも健康な体を持っている人は豪邸、たくさんの土地、何億もの預金、たくさんのブランド物、機器、宝石を持っているが、不健康な人よりも多くの財産を持っているのである。

16　一週間でできることは価値があるか

よく「一週間でできる～」という書名の本を見かける。人は修得に何年もかかることを嫌い、一週間程度で簡単に修得できることを願っている。だから「一週間でできる〜」という書名にすると本が売れやすいのである。しかし自分が一週間でできるようになることは他の人も一週間でできるようになる。誰でも簡単にできるためたくさんの人ができるようになる。それで数が多いため価値が出ない。修得に三年、十年とかかることはそれだけ長く続ける人が少なくなる。数が少ないから値打が出る。修得に時間のかかるものに挑戦しなければ価値あるものを手にすることはできない。

17 いつ大きな損失が起こるか

自分が大きくころんだ時のことを考えてみるに、それはころぶ物がたくさんあった所だろうか。たいていはころぶ物がほとんどなかった所である。ころぶ物がたくさんある所は足元に注意して歩くから案外ころばない。たとえころんでもころばないようにとゆっくり歩いているから大きな怪我にならない。ころぶ物がほとんどない所は安心して足元をあまり見ずに歩き、また歩くスピードも速くなる。そんな所に何かころぶ物があり、足をひっかけると、スピードが出ているから大きくころぶことになり大怪我をする。これは仕事でも同じである。ここは困難だと思う所は慎重に考えて動く。損失が出る可能性があるから投資額は大きくならない。だから案外損失は出ない。今は順調だと思う所は、リスクをいろいろ考えることもあまりない。もっと投資すればもっと利益が出るように思い投資額も大きくなる。こういう時に不測の事態が出現すれば、投資額が大きいだけに大きな損失になる。

18　いつ購入すべきか

皆がほしがり買いたがる時は値段が高くなる。その時は皆がそれを十分に食べ、持ち、そして飽きてくるのを待つ。皆が飽きると値段は自然と下がる。皆がもうそんなものほしくないと思う時は値段が十分に下がっている。そこで買うべきである。

19　医療行為はどのようになされているか

医療行為というのは、病院でみんながしていることだから正しいというものが多い。根拠が乏しく、単なる慣習でなされているのである。

20　内に従っているか、外に従っているかが大事である

内に従っているか、外に従っているかが大事である。外に従えば一時的に勝つ。しかし最終的には内に従ったほうが勝つ。外に従えば一時的に勝つために それを利として相手を動かすことができる。

21　得るには捨てなければならない

囲碁には捨て石ということがある。不要な石は捨ててしまうのである。将棋にも捨て駒ということがある。不要な駒は捨ててしまうのである。囲碁では石をたくさん持っているほうが有利だし、将棋では駒をたくさん持っているほうが有利である。それにもかかわらず巧みに捨て石、捨て駒をしたほうが勝つことがよくある。得るには捨てなければならないのである。巧みに得る者は巧みに捨てるのである。

何も捨てないと欲張って持とうとすればガラクタばかり持って肝腎なものを失ってしまう。

22　おいしさ指標とは

舌ざわりのよいものがおいしいとされる。これはおいしさの一面しか見ていないと言うべきである。おいしさのもう一面、継続時間が考慮されていない。同じ程度おいしいものでも、一瞬に終わってしまうものと、二分間継続するものとがある時、この二つを同じ程度のおいしさとするのはおかしい。継続時間の長いほうがよりおいしいとすべきである。おいしさはおいしさの程度とおいしさの継続時間の両面から見なければならない。おいしさの程度×おいしさの継続時間の値がより大きいほうをよりおいしいものとすべきである。おいしさの程度をまったくおいしくないものを0とし、最高においいしいものを100とする。このおいしさの程度においしさの継続時間をかけたものをおいしさ指標とする。おいしさの継続時間は秒を単位とし、おいしさの程度と均衡させるために、100秒以上はすべて100秒とする。おいしさの程度が70でおいしさの継続時間が20秒なら、70×20＝1400 でおいしさ指標は1400である。おいしさの程度が100で、継続時間が5秒ならば、100×5＝500 でおいしさ指標は500になる。おいしさの程度が10であっても、継続時間が60秒なら、10×60＝600 になる。この指標だと、おいしさの程度が10であっても、継続時間が60秒ならば、おいしさの程度が100で継続時間が5秒のものよりおいしいことになる。

おいしさの継続時間とは食物を口に入れて咀嚼し嚥下するまでの時間である。つまりかんでいる時間のことである。おいしさ指標では、かんでいる時間の長いものがおいしいものになりやすい。

これは人間の生理に合ったことである。外物である食物はたとえどんなごちそうであってもそのままの形では人間の体で利用することができない。人間の体で利用できる形につくり変え、人間の体で利用できないものを排泄する必要がある。この変成、排泄が十分にできないと体の栄養にならず、異物が体にたまり、体を害することになる。よくかむことはこの変成排泄を容易にする。それで自然は人間がよくかむように、かむことにおいしさの継続という楽しみを与えているのである。人間はこの楽しみのためによくかむことになる。

白米はあまりかまずに飲み込むことができるが、玄米はよくかまないと飲み込むことができない。玄米はおいしさ継続時間が長いから、おいしさの程度で少し白米に劣ってもおいしさ指標では白米より上になるだろう。ケーキはおいしさの程度は高いだろうが、ほとんどかむことなく飲み込んでしまうためにおいしさ継続時間が短く、おいしさ指標では点数が低くなるだろう。

おいしさと言うとおいしさの程度のみが考えられてきた。しかしおいしさの継続時間も考えなければ真においしいものをとらえることはできない。また真においしいおいしさ指標の高いもの、おいしさ指標の高い食べ方は人間の体にもよいものである。

23　王になるために一番必要なのは何か

王になるために一番必要なのは暇である。自分の頭でゆっくり考える時間が絶対に必要なのである。いろんなことで忙しく動き回っている人は決して王になれない。ここで言う王とは王位を継承してなる王でない。人間の真の王である。

24　大きく誤る原因

私たちは外の世界とまったく断絶して生きていくことができない。生きるには水が必要だし、食料が必要である。また人と話もしなければならない。けれど人を害するものはほとんど外から来る。病気の原因はすべて、外から過剰に内に入れるか（食べ過ぎ、飲みすぎなど）、外の厳しい条件によって内の働きが害される（厳寒、酷暑、放射性物質、農薬、公害、病原菌など）かのどちらかである。いずれにしても外の何かによって内の働きが妨げられるのが病気の原因である。

人間の大きな誤りもすべて外から来る。自分の内なる声をじっと聞き、それに従って動いたなら決して大きな誤りはしない。人は自分の内なる声を聞かずに周囲の人がしているように、上の人がしているように、人にほめられるようにと行動する。だから大きく誤るのである。

25 大きな間違いは何にあるか

一人でする時は、それが正しいかどうかと常に考える。だから間違いが少なくなる。同じことをしている多くの仲間がいる時は、多くの人と同じことをしているという安心感がある。多くの人と同じことをしているから正しいと思ってしまう。それが正しいかどうかと常に考えることをしない。だから間違いが多くなる。大きな間違いは多くの人がしていることにある。

26 多くの人が正しいとすることはなぜ価値が出ないか

価値があるとは数が少ないということである。多くの人が正しいとすることは、すでに数が多い。数が多いものを取っても何の価値も生まない。

27　多くの人が正しいとすることをすると

多くの人が正しい、効果があるとしていることを自分が同じようにしても、自分が注目されたり自分の名が残ることは決してない。自分は多くの人のうちの一人に過ぎず、誰もがしていることをしているだけだから、人が注目してよく話を聞こうとすることなどはあるはずがないのである。誰もがしていないことだが正しい、効果があるということになると、人が注目しその話を聞こうとする。オリジナルだから自分の名が残ることになる。

28　多くの人が非難する所にチャンスがある

たいていの人は多くの人がしないことはしてこない。多くの人が非難することはさらにしてこない。だから多くの人が非難する所が無人の地になる。無人の地で競争相手がいないのだから成功しやすい。つまり多くの人が非難する所にチャンスがある。

29　多くの人と同じ方向に向いている時は大きく誤る

流行であるとか、多くの人と同じことをしているということで自分のしていることは正しいと思っている人が多い。多くの人が同じ方向を向いている時は大きく誤る。孫子に「敵を一向にあわすれば千里に将を殺す」とある。多くの人と一向になればこれは敗形である。

30　驕る者は実力をつけることができるか

驕っている者は今より実力をつけることは決してない。困難に直面して懸命に頭を使っている者は猿の知恵も借りたいぐらいだから決して驕ることがない。驕っているのは困難な状況に直面していない現れである。困難な状況に直面していないのだから今より上に実力をつけることは決してない。

31　思い込みが誤りを生む

私は、今日、引越しのため荷物を片づけていた。パソコンの液晶モニターが入っていたダンボールと、モニターがピシッと入るようになっている発泡スチロールを残してあった。最初はモニターを発泡スチロールにどう入れたらよいのかわからなかった。いろいろ考えたり試行錯誤してようやくピシッとはいる入れ方を見つけた。モニターを発泡スチロールに入れてダンボールに入れた。ところがモニターの足が出てダンボールをきちんとしめることができない。発泡スチロールをよく見ると足の所がちょうど入るような切れ込みがあった。しかしそれはモニターの頭の所にあったため、私は足をはずしてそこに入れ込むのだと思った。私はもう一つ液晶モニターを持っているのだが、それは足をはずすようになっていた。足を押したりこねたりしてはずそうとしたのだがどうしてもはずれない。三十分ぐらい試行錯誤したのだがどうしてもはずれない。私は無理やりはすずと壊れることを心配し、もうダンボールのふたをあけたままで持っていくことに決めた。

さてごはんを食べてから四時間ほどかけて他の荷物もすべて片づけた。他のものはすべてきれいに片づけたのに液晶モニターだけがふたをあけたままになっているのが嫌になった。何とかならないかともう一度足をはずそうと試みた。やはりはずれそうにない。この時ふと発泡スチロールの上下を反対にしてモニターに入れたらあの発泡スチロールの切れ込みに入るのでないかと思った。試してみると足はきれいに切れ込みに入り、その分背が低くなったからダンボールにもきれいに入り、問題なくふたをすることができた。

私は、発泡スチロールにモニターがピシッと入るのに足だけが出てしまうこと、私のもうひとつのモニターが足をはずすタイプであることを根拠に、このモニターも足がはずれるのに違いないと思った。この思い込みのもとに足をはずそうと種々試みた。ところがこの足がはずれるはずだという思い込み自体が間違っていた。

このことは人間の誤りがどんなものであるかをよく示している。いくらかの根拠からこうに違いないと人間は思っている。しかしこの思い込み自体が間違っているのである。

32　会社勤めは残業が常態化する

労働契約は自分の労働力を売っているのである。契約は一日八時間、週に五日働きますというような契約になる。ところが実際に会社で働くようになると契約した時間通りに終ることはむしろまれである。与えられた仕事が時間内に終わらないから残業をすることになる。家に仕事を持ち帰ってすることもある。自分だけが残業をしているなら上司に文句を言うこともできるが、周りがみんな残業をしていると上司に文句も言いにくい。さらに時間内で終わる仕事だけ与えてくれと上司に言うと、重要な仕事が与えられなくなり出世が望めなくなる。こいつは仕事をしないやつだと思われクビになる可能性もある。会社が労働契約を守っていないとこちらからやめることもできるが、どこの会社も似たような職場環境である。あちこちの会社を短期間でやめていると、この人は問題のある人だと思われもう雇ってくれなくなる。だから会社勤めは残業が常態化する。ただ最近は過労による自殺が大きく取り上げられ、残業を減らそうとする傾向にあるようである。

33　貝原益軒の言う外邪と内欲

貝原益軒は病気の原因を外邪と内欲に分けている。けれど内欲が害をなすのは、内の調和を乱すほど外のものを貪ったからである。適当な内欲は決して害にならない。内欲の害も結局外から来ているのである。

34　確実な利益を得るにはどうするか

ものを売ろうとする時、一般の人に一般的に売れるものをつくろうとすることが多い。しかしこれは多くのメーカーが狙っているマーケットである。当然類似品がたくさん出てきて競争が激しくなる。また一般の人の流行は変わりやすく一時売れても流行が変わると売れなくなる。数は非常に少ないがある特定の人々がほしがるものがある。そういう特定のマーケットを狙ったものをつくると、爆発的に売れることはないが特定の人々が確実に買う。また対象の人が少ないから大手はあまり手を出さず、競争相手も少ない。またそういう趣向を持つ人は少ないが確実に存在し、流行がすたれるとなくなるということがない。こういうマーケットを狙うと大きく儲けることはないが、確実な利益を得やすい。

35　果実財産とは

私は持っている財産が生み出す財産を果実財産と言っている。1000万円の預金があり、利子が10万円つくなら、この10万円が果実財産である。取得金額1000万円の株式を持っており、その配当金が10万円なら、この10万円が果実財産である。固定資産評価金額1000万円の土地を持っており、その固定資産税が14万円なら、この14万円は負の果実財産である。しかしもう一つ大きな財産がある。自分の心身である。自分の心身も財産である。心身の果実財産は働いて得た収入から食費、衣服、自動車などの出費を引いた金額となる。

36　仮説検定の不備

仮説検定による研究は一般的な人間の状態を示すだけである。95％の確率でこうであるということを言うだけである。そこには必ずあてはまらない5％の人がいる。項目が一つだけなら95％の確率なのだから自分にもあてはまる確率が高い。しかし項目が多くなってくると話は違ってくる。肝、心、肺、腎、胃、腸、大脳、目、耳、生殖器に関連する10項目で調べるとすると、10項目すべてで95％に入る確率は0・95の10乗だから約60％に過ぎない。20項目で調べるとすると、20項目すべてで95％に入る確率は0・95の20乗だから約36％に過ぎない。１００項目で調べるとすると、１００項目すべてで95％に入る確率は0・95の１００乗だから約0・5％に過ぎない。１００項目も調べればたいていの人はどれかで95％からはずれるのである。医学で調べる項目は１００項目だけでない。はるかに項目数が多い。そのすべての項目で95％に入る人は非常にまれなのである。

37　価値があるとは数が少ないことである

価値があることの必要条件は数が少ないことである。どんな重要なものでもたくさんあると価値がなくなってしまう。人間は水や空気がなければ生きていくことができない。水や空気は非常に重要なものである。しかし非常にたくさんあるからただ同然になる。

38　勝つことができる形

戦争は一人の頭となる者がおり、他の者が手足となり動くことで勝つことができる形になる。一人の知見では見方が狭くなることがあるため、参謀となる者がいることが望ましいが、これは必須ではない。参謀がいても参謀は意見をするだけで、決めるのは頭となる一人でなければならない。よく上の者が会議をして、多数の意見で戦略を決めるようなことがなされる。これをやると必敗である。多数意見は誰もが考えることであり、敵にもわかりやすい。こういうふうに攻めてくるだろうと敵に読まれてしまう。戦略を敵に読まれると敵はその虚をついてくる。

39　金という支配者

現代は何をするにも金がいる。また持っている金の量で人間の価値が判断される。それで人は皆金を儲けることに躍起になっている。たいていの人の生活は金の奴隷となっている。この金という支配者は人間に恐ろしいことをさせる。

農家の人はたいてい大量に農薬をまく。それがためにまく本人の健康も害し、その農作物を食べた人の健康も害す。それなのに農薬をまく。農薬をまいたほうが収入がよい。たくさんの金が入るからである。

パン、調味料、ハムなどの食品加工を仕事とする人は、化学添加物をたくさん添加する。そういうものを加えなければ食品ができないというのではない。そういうものを加えたほうが原価を安く抑えることができ、収入がよくなるからである。

薬品業界は人間の苦を取り去る薬の開発に力を尽し、またビタミン剤などの保健薬も大量に生産している。人間の体が苦を訴えるのは、その人の生活が誤っているからである。その生活を改める必要がある。ところがそれをせずに薬を飲んでその苦をなくそうとする。苦がなくなれば病気が治ったと思っている。けれどこれは治ったのでない。病気をわかりにくい所へ追い込んだだけのことである。薬品業界は人のこの傾向に乗り、ただ苦をなくし病気を深部に追いこむだけの薬を大量に生産している。また普通の生活をしていれば保健薬など必要でないのに、これも大量に生産している。すべて金を得るためである。

医者はこういう薬を大量に使う。やはり金を得るためである。

労働者は毎日単調な労働の繰り返しでその仕事に飽きている。嫌々やっている。それでもその仕事をやめずに続けているのは金のためである。金は何らおもしろくないことも人にさせるのである。

企業に勤める人は得意先の接待、上役のお供のために酒漬け、ごちそう漬けになり帰宅が遅くなることも多い。それがしだいに健康を害していく。金を得るために健康も犠牲にするのである。また得意先を増やすためにおべんちゃらを言って人を喜ばし、趣味を同じくして話題を増やそうと務める。これも金のためである。金は自分の誇りも失わしめ、自分の好みをも変えるのである。

40　金の亡者とは

必要以上の金を儲けようとする。こういう人を金の亡者と言う。

41　金持になればなるほど自分が害される

金持とは財産をたくさん持っている人のことです。財産とは預貯金や不動産や家や株式や宝石のことです。預貯金がどうして財産になるかというとそれで物を買うことができるからです。それで財産がたくさんあるとは物をたくさん持っていることと言い換えることができます。金持とは物をたくさん持っている人のことなのです。この物は自分の外にあるものです。人間は自分の体の中に肝臓、腎臓などの臓器を持っていますが、こういう内臓は財産とみなされません。財産となる物は人間の体の外にあるもの、つまり外物《がいぶつ》なのです。

人間の体は一つの閉じた世界であり、組織だった統一された動きをしています。人間の体の外にある外物は、閉じた世界の中で利用できる形になおされてはじめて利用することができます。外物が十分に形が変わらないと、閉じた人間の世界の統一された動きに組みこむことができずに、人間の体の動きを妨げるようになります。外物が多いと、それを人間の利用できる形に変えるのに多大のエネルギーを使います。量が多いと十分に変形できない外物が出てきます。これは人間の内なる世界を害します。

金持とは外物をたくさん持っている人のことです。外物が多いと、それを十分に内で利用できる形に変えることができないために、人間を害することになります。つまり金持は外物をたくさん持つがために、自分の体や心という内なる世界を害することが多いのです。

人は金持になれば幸福になると思い、金持になりたがります。しかし金持になればなるほど自分が害されることは多くなるのです。

42　金を使うこともなく死んでいく

若い頃から懸命に働いてたくさん金をため、その金を使うこともなく死んでいく。ただ金をためるために生きてその金を使うこともなく死んでいく。こういう人生は寂しいものである。

43　株の買い時

株は新高値が出た時は、売りを考えるべきです。しかし新安値が出た時は買いを考えるべきでありません。高値覚えがあるため新安値が出ると安いように思い買いたがるものですが、決して買い場でありません。新安値が出てかなり日月がたち、安値に慣れてしまった時や、どこまでも下がるように思った時が買い場です。

44　果報は寝て待て

自分の問題を解決するのに知識はほとんど役に立たない。知識をできるだけ除き自分の内なる声を聞くことが大事である。

腹の調子が悪い時に栄養をつけなければならないとたくさん食べたらどうだろうか。状態はますます悪化する。腹の調子の悪い時は何も食べずに腹を休ませると自ずと回復する。

「果報は寝て待て」というのは名言である。しかし寝てテレビを見たりラジオを聞いたり本を読んだりすると何の意味もない。「寝て待て」というのは外からの情報を断てという意味である。寝ている時は外から情報が入って来ないから最善の行動が取りやすい。

「果報は散歩して待て」とも言うことができる。この散歩もラジオを聞きながら散歩したり、人と話しながら散歩したりすると何の意味もない。一人で外の情報を断って散歩することである。そうすると自分の心は自ずと考え最善の解決策が出やすい。

45　外見と内容とどちらが大事か

大臣や社長の地位をほしがる人は非常に多いです。けれど大臣や社長たる能力のある人間になろうとする人は非常に少ないのです。これは本当におもしろい現象です。人はものごとを外見だけで判断するものだということをよく表しています。

46　外的知識は必要か

外的知識は人間にとってそれほど必要なものでない。外的知識を大きく深く緻密に判断できる能力が極めて大事である。

47　外物《がいぶつ》はどういう時に必要か

人間は食べ物や衣服や家がなければ生きていくことができない。生きるために外物はどうしても必要なものである。しかし外物は内が欲する時にのみ必要なものである。腹が減って仕方がない時に食べればよいのである。腹が減ってもいないのに食べれば、外物が内を乱すことになりかえって病気となる。衣服は寒さを防ぐのに必要である。衣服の華美に目を奪われると内が外に乱される。家は雨、寒さ、暑さを防ぐために必要である。家の華美に目を奪われると内が外に乱される。

48　学会でどのように議論がなされているか

私は医者であるために時々医学関係の学会に行く。そこでは決められた持ち時間を与えられていろんな発表がなされる。座長は時間を気にしながらその時間内で質問を受けつける。また発表よりずっとたくさんの時間が与えられて講演がなされる。この講演でも座長は時間を気にしながらその時間内で質問を受けつける。発表でも講演でも決められた時間を消化すると、たとえ議論が続いていても議論はそこで打ち切られる。こういう中途半端な議論をして理を得ることができるだろうか。今の学会は単に主張する場になっている。その主張が真に正しいのかどうかと懸命に検証することをしない。

49　北朝鮮問題

北朝鮮が核とミサイルを持てば日本の安全にとって重大な脅威だと大騒ぎしている。北朝鮮はなぜ核とミサイルを開発しようとするのか。自国の防衛に必要だからである。アメリカはアメリカの言う通りにしない気に入らない国で、核とミサイルを持たず反撃できないと、平気で攻めて行って滅ぼす国である。アフガニスタンがそうだし、イラクもそうである。さらにシリアにはトマホークを撃ちこんだ。こういうアメリカに滅ぼされないためには、核とミサイルを持つより他の選択肢はないのである。北朝鮮が必死で核とミサイルを開発しようとするのは、納得のできることである。

歴史上朝鮮が日本に攻めて来たのは一度だけである。元寇である。しかしこれは朝鮮が攻めて来たと言うよりも元が攻めて来たのである。朝鮮は元の意向に従っただけである。すると歴史上朝鮮が日本に攻めて来たことは一度もない。非常に平和的なのである。反対に日本が朝鮮に攻めて行ったことはどうだろうか。二回もある。豊臣秀吉の侵略、近代の朝鮮併合である。だから朝鮮の人々が日本に侵略されることを心配するのはもっともなことである。日本の侵略から自国を守るために核とミサイルを持つのだと北朝鮮に言われれば、日本は何も言えないのである。

アメリカは日本に事前警告もせずに原爆を投下した国である。そのアメリカが日本を守ってくれると日本人は信じているし、日本の政治家も信じているようである。これはおめでたいと言うべきである。アメリカは日本を守ることが自国の利になるなら、日本を守るだろう。しかし日本を守ろうとすれば自国の被害があまりに大きいとなれば日本を切り捨てるだろう。日本の防衛はアメリカが日本を守ってくれるという前提のもとになされている。これは根本的に誤っている。日本の防衛はアメリカに切り捨てられることが十分にあるという認識のもとになされなければならない。

第二次世界大戦の時、日ソ中立条約を破って満州に進行したのはソ連である。戦後も多くの日本人をシベリアに抑留した。ソ連は今はロシアとなっているが、ロシアは日本が射程距離に入るたくさんの核搭載ミサイルを配備している。自国の利益のために日ソ中立条約を破る国が核とミサイルをたくさん配備している。こちらのほうが脅威と言うべきである。

北朝鮮の核とミサイルはまだ実験段階である。はるかに進んでいるアメリカと戦争をすれば北朝鮮が負けるぐらいのことは北朝鮮にもわかっている。だから北朝鮮から戦争をしかけることはまずありえない。アメリカが指示に従わない北朝鮮を滅ぼしてしまおうとして戦争をしかける可能性のほうがはるかに高い。戦争になれば北朝鮮が韓国や日本を核やミサイルで攻撃する可能性は十分にある。だから韓国は韓国の承認なしに北朝鮮を攻撃しないようにアメリカに釘をさしている。自国の安全を考えた賢明なやり方である。日本は日本の承認なしに北朝鮮を攻撃しないようにアメリカに釘をさしたのか。これが日本の安全を確保するために一番肝要なことである。この肝要なことを日本の政治家はしていないようである。戦争になって一番被害を受けるのは韓国と日本である。アメリカの被害は少ないだろう。

50　今日しかないと思った時どうするか

今日しかないと思った時は一日待つことである。一日待つと気分が変わる。昨日しかないと思ったことがなくてもすんでいる。今日しかないと思うことが何度も起こるようになるとはじめて動くことを考える。

51　競争社会ではいつもスキャンダルがあばかれる

競争が起こるとよりよいものをつくろうとする、競争があるため次々とよいもの、新しいものができる、競争のない社会では互いが競うことがないためよいものはできないとする。これは確かに競争のよい所である。ところが競争に勝つのは、競争相手よりよいものをつくるだけではない。競争相手の価値を落とせば自分の価値が相対的に上がるから競争に勝つことができる。競争相手の製品の劣っている所を探し出し吹聴すれば、競争相手の製品の価値が落ちる。また競争相手が法律に従っていないとか、非道徳的なことをしているとかを探し出しそれを吹聴すれば、競争相手の価値が落ちる。競争相手が逮捕でもされればその価値は大きく落ちる。競争相手の価値が落ちるから自分の価値が相対的に上がり競争に勝つことができる。かくて競争社会ではいつもスキャンダルがあばかれる。競争相手があばいているのである。競争がある限りスキャンダルがなくなることはない。

52 競争は短期間のことを考えず長期間で勝つことを考える

百メートル競走はただ百メートルを少しでも速く走るためになされる。百メートル走って終われば もう勝負は終わりなのである。今度は次の百メートル走に勝つために準備がなされる。人は人生の競争とは百メートル競走のようなものだと思っているようだ。何かの目標に向かって懸命に走る、努力する。その目標が終わると今度は次の目標に向かって走ったり努力したりする。高校生は大学受験という目標のために懸命に勉強する。その目標が終わるともう受験勉強は終わりなのである。今度は何か別の目標を決めそれに向かって努力する。会社員は今期の業績を上げるために懸命に努力する。今期が終わるとその努力はもう終わりである。次は来期の業績を上げるという目標のために努力がなされる。

人生七十、八十年の一生の計画のもとに努力がなされるのでなくて、一日、一週間、一ヶ月、一年長くても数年という短い期間の目標を決め、それに向かって努力がなされる。その努力が自分の一生という長い期間の中でどういう益があるかという考慮がなされていない。短い期間の競争に勝つために努力がなされると、短い期間の競争には勝っても長い期間の競争には負けることになる。

Aという高校生はただ大学受験のために数学を勉強した。それで大学受験が終わるともう数学は勉強しなくなった。Bという高校生は数学そのものを身につけるために勉強した。それで大学受験が終わっても数学の勉強を続けた。Aは大学入試問題の傾向を調べ、問題を解く技術を効率よく勉強した。Bはただ数学のおもしろさ、美しさのために勉強した。それで大学入試の数学の成績はAのほうがずっとよかった。ところが大学入試から三年を経た後の数学の成績はBのほうがはるかによかった。Aは高校の三年間は懸命に勉強したが、後の三年間はまったく数学を勉強していなかった。Bは六年間継続して数学を勉強した。六年後にBが数学でAより優れるのは当然のことである。

Cという野球投手は初年度で最多勝投手になるために懸命に努力した。肩の負担も顧みず懸命に投げ抜き三十勝をあげた。Dという野球投手は、自分の投手寿命は十五年と考え十五年間でできるだけ勝数をあげようと考えた。そのため肩に負担のかかるような投球はたとえ監督が要請しても拒否した。Dは初年度は五勝しかあげれなかった。三十勝をあげたCは初年度の最多勝投手となり華々しいデビューをはたした。その勢いは二年目も続き二十五勝をあげた。リーグ最多勝投手にはなれなかったが、チームの最多勝投手であり押しも押されぬチームのエースとなった。Dも上達し倍の十勝をあげることができたが、まだチームのエースとは言われなかった。Cは三年目に肩の負担が災いしたのか肩を痛めた。それで三年目は五勝しかあげれなかった。Dは三年目にまた上達し十五勝をあげた。チームの主要投手の一人と見なされるようになった。しかしDは無理した投球は断るために二十勝には届かなかった。Cは四年目には肩の状態がさらに悪化し一勝もあげることができなかった。Dは少し勝数を増やし十七勝をあげた。五年目はCはまた一勝もできず、ついに引退した。Dは十六勝をあげた。その後もDは十五~十八勝をあげ続け予定通り十五年で引退した。Dの生涯勝利数はちょうど二百勝になった。Cの生涯勝利数は六十勝であった。これを見ると初年度という短い期間で考えると確かにCはDに勝った。しかし十五年という長い期間で考えるとCはDに惨敗である。

ただ短い期間の目標だけ考えて努力すると、その短い期間では勝っても長い期間の競争で負けることになる。人生は長い。墓に入るまでのことを考えて動かなければならない。また長期間のことを考えて動くと人と争うことが少なくなる。人はただ短期間の競争で勝とうとして動いている。短期間で勝とうとしないのだから人と争うことが少なくなるのである。

53　キリスト教の総本山の布教の方法

バチカン市国を訪れた。サン・ピエトロ大聖堂の巨大で荘厳な建物、たくさんのきれいな彫像が目を引いた。偶像崇拝を禁じるキリスト教の総本山でも荘厳な建物によって自らを権威づける手法は用いている。ぼろ小屋でキリスト教の布教をしても人々はついて来ないのである。

54　記録することが必要である

人間は一度にものを修得することができない。だんだんと修得するものである。だから修得するのに時間がかかる。ところが修得しても長く使わないと忘れてしまう。修得するのに時間がかかるのに、一度修得しても長く使わないと忘れてしまうのである。それで修得したものを記録しておく必要がある。雑然と記録するのは駄目でいつでも取り出せる形にしておく必要がある。

55　記録すると後に別の角度から見ることができる

数学の問題を解く時に、自分で鉛筆を持って書かなければ解けない。これは書くことで思考過程を記録できるからである。今正しいと思ったことも記録しておかなければ後に正確には思い出すことができない。その記録したものをもう一度よく見ると、その誤りに気づき修正できる。もし記録しなければ後に別の角度で見ることができないから、その誤りに気づかない。数学の問題を解く時、書くのはボールペンのような消すことができないものより消すことが容易な鉛筆のほうがよい。前に書いた所をもう一度見るとその誤りに気づき修正が必要になる、消しゴムで簡単に消すことができないと、誤った数式がたくさん残り見にくくなり思考の妨げになるからである。数学に限らず自分が考えたことは記録する。記録しておくと、後に別の角度から見ることができ誤りに気づきやすい。

56　議論の仕方

議論はまず相手に断言させる。そしてその断言したことの矛盾を突くようにする。世の中のことは錯綜しておりまた複雑である。容易に断言することのできるものでない。だから断言すると必ず事実と合わないことが出て来る。そこを突く。

57　空腹時にアルコールは飲まない

貝原益軒の養生訓に「凡そ酒はたゞ朝夕の飯後にのむべし。昼と夜と空腹に飲むべからず。皆害あり。朝間《あさま》空腹にのむは、殊更脾胃をやぶる。」とある。朝間《あさま》は「朝のうち」ということであり、朝間《あさま》空腹は朝のまだ朝食を食べていない時である。貝原益軒は1630年から1714年に生きた人物である。日本人は元来一日二食であったが、元禄年間（1688年~1704年）に一日三食になったと言われる。しかし腹八分を強く説く益軒が一日三食を容認するはずがなく、これは一日二食を基礎として言っていると思われる。するとこれは「一般的に酒は一日二食の朝食と夕食を食べた後に飲むべきである。昼と夜と空腹時は飲んではいけない。こういう時に飲むとすべて害がある。朝の空腹時（朝食を食べる前）に飲むのはことさら脾胃をやぶる」という意味になる。

貝原益軒は空腹時に酒を飲むことを強く戒めているのである。朝の空腹時に酒を飲むのはさらに一層強く戒めている。これは夕食を食べてから朝食を食べるまでは一日の内で一番時間があるから朝の空腹の程度が一番大きくなるからである。

今、私達のアルコールの飲み方を見ると、ご飯類を食べる前にアルコールを飲むのが一般的である。アルコールを飲み、料理を食べ一番最後にご飯類が出て来る。しかし貝原益軒によると、まずご飯と料理を食べてその後に酒を飲めと言っているのである。食後に飲んだのでは酒の味がまずくなり飲めないと言われそうである。日本酒は米の汁なのだからまだご飯を食べていない空腹の時に飲むほうが確かにおいしい。一方アルコールは食欲増進効果があるからアルコールを飲んだ後でもご飯はまずいと思わず食べることができる。これがために一番最後にご飯類が出て来る今の習慣になったのだと思われる。しかしアルコールを飲んだ後では味覚の感受性は確実に落ちる。アルコールで食欲が出ているから何でもおいしく感じるが、料理の繊細な味はわからなくなっている。レストランにしてみれば少しいい加減な味でもお客がおいしいと食べてくれる。これはレストランにとって都合がいいから、こういうこともアルコール類を最初に飲むようになった原因だろう。しかしプロがつくった料理の繊細な味は、味覚が敏感なしらふの時に味わいたいものである。これが手間暇かけてつくってくれたプロの料理人に対する礼儀というものである。食前にアルコールを飲めばアルコールはおいしいかもしれない。しかし料理の繊細な味はわからなくなる。食後にアルコールを飲めばアルコールの味は少しまずくなるが、料理の繊細な味を堪能できる。料理を取るかアルコールを取るかという選択になる。

空腹時にアルコールを飲むと消化管が空だからアルコールが消化管の壁に広く触れ早く吸収され

る。急に大量のアルコールが肝臓に来るとアルコールを十分に代謝できない可能性がある。さらに空腹だからアルコールをたくさん飲むことができ、飲み過ぎやすい。食後にアルコールを飲むとアルコールの吸収がゆっくりとなり、すでに満腹になっているからアルコールもあまり飲めない。飲みすぎることが少なくなる。

私はアルコール依存症の治療に従事したことがある。アルコール依存症になっている人は当ても食べずにアルコールだけを飲む人がほとんどであった。食後にアルコールを飲む人は皆無であった。食べてからアルコールを飲んでいる限りアルコール依存症までになることはまずない。

空腹時にアルコールを飲み最後にご飯類を食べるという現代の習慣は誤っている。益軒の言うように体に害がある。まず食事を先に食べてからアルコール類を飲むという習慣に改めるべきである。

58 国が繁栄するために最も必要なこと

国が繁栄するために最も必要なことは、賢人を早く見つけ迎え入れ、参謀とすることです。賢人が離れていくとその国は滅亡します。これは会社の場合も個人の場合も同じです。また賢人は賢人の書とも置き換えることができます。賢人という評価が確定した孔子、孟子、老子、荘子、孫子の本の重要性がここにあります。

59　健康診断で健康を失うこともある

ここに甲という一つの動物がいます。その動物はA、B、C、Dという臓器からできています。A、B、C、Dの臓器の機能を調べる検査があり、その基準値はすべて20～30であることが知られています。ところが、これはまだあまり知られていないことであったのですが、A、B、C、Dの検査値をすべてたした値は95～105の間でなければならなかったのです。これを外れると甲の健康は失われます。このA、B、C、Dの値をたした値を臓器の総和値といいましょう。さてAの臓器の専門医をaと言い、Bの臓器の専門医をbと言い、Cの臓器の専門医をcと言い、Dの臓器の専門医をdと言います。

ある年甲は健康診断を受けました。A、B、C、Dの値はそれぞれ29、28、29、19でした。甲はa、b、c、dの専門医に診てもらいました。a、b、cの専門医は健康状態に問題なしと診断しました。しかしd専門医は好ましくないと判断しました。臓器Dの値は19で基準値より低下しているからです。「今は症状が出ていないが、早めに投薬しておいたほうがよい。」とdは判断し、Dの検査値を上げる薬を処方しました。甲の検査値は29＋28＋29＋19＝105で、臓器の総和値は105になります。これは甲が健康でいることができる上限です。Dの値を基準値内の20にすれば、臓器総和値が106になり、甲の健康は失われます。甲の生体はこれを考え、やむを得ずDの値を19にしたのです。ところがd専門医は臓器Dのことばかり研究していますから、Dのこと以外はあまり知りません。また臓器の総和値が95～105でなければならないということは、あまり知られていないことだったのです。

さて甲は臓器Dの薬を飲み始めました。この薬はよく効き、Dの値はじきに25になりました。これを見て専門医dも甲は健康に問題なしと診断しました。今、甲のA、B、C、Dの値はそれぞれ29、28、29、25ですから、臓器総和値は111になります。これは健康でいることができる95~105から大きくずれています。甲はやがてだるさ、疲れやすさを感じるようになりました。しかも日々悪化していくようです。それでもう一度検査を受けました。A、B、C、Dの値はそれぞれ、28、29、26でした。a、b、c、dの専門医はいずれも問題ない状態だと言いました。甲がだるさ、疲れやすさを強く訴えると、「単なる気のせいだ。」とか「精神科を受診してみたらどうだ。」とか言われました。さてしばらくすると甲は疲労感が強く仕事ができないようになりました。家でほとんど横になっている生活です。精神科も受診し、安定剤も飲みましたが、一向に改善しません。それでもう一度検査しました。A、B、C、Dの値はそれぞれ、32、29、29、26でした。これを見てa専門医は「A臓器がよくないからこれが原因だろう。A臓器の薬を出すから。」と言いました。この薬はよく効き、Aの値はじきに21まで下がりました。それで臓器総和値は105に下がりました。これがため甲はやがて疲れ、だるさがとれ、仕事にも復帰できました。

専門家とは他の分野を犠牲にして特定の狭い分野のみをよく知っている人のことです。ところが人体のような各臓器が複雑な相互作用を持っている有機体に対して、一つの臓器の知識のみで薬を投与すると、風が吹けば桶屋が儲かるのような複雑な相互作用が起こり、人体はかえって不調となることがあります。

60　権力者はどのような社会組織をつくるか

権力者はまったく人道的な手段で権力を取ったわけでないということをよく銘記しておくべきです。昔から戦争はつきません。戦争はほとんどが権力を取ろうとする人間どうしの殺し合いです。権力者には血のにおいがこびりついており消えません。人を殺さなくても、嘘、欺き、賄賂のにおいがします。そういう不正なことをやってはい上がった者が権力者です。その権力者が社会組織をつくるのです。だから権力者は自分の権力を維持できるような、自分が得になるような社会組織をつくるものです。社会の組織にどっぷりつかってしまっては、確かに権力者は得をするでしょうが、自分はむしろ害されるのです。権力者は国民を幸福にするために懸命に考えて社会組織をつくったわけでなく、権力者の都合のいいようにつくったのですから、自分が害されるのは当然です。

学問や芸ごとのようなものでも権力者に逆らえば困難な事態に直面します。その権力を使って圧迫を加えてくるからです。その暴力によって身が害される可能性も高いのです。高い地位の学者や芸の師匠となって多くの弟子を抱えるには権力者と妥協することです。権力者と全面抗争をすれば弟子も少なく安定した収入もないことでしょう。それで学問は真理を追求しようとせずに権力者のしていることを弁護することに走りがちです。芸は芸の本質を追求せずに権力者の喜ぶことを自分達の芸につけ加えがちです。

61 現代日本人の根本的な誤り

人に認められるために動いて理を求めて動かない。それが現代日本人の根本的な誤りである。理であるが人に認められていないものに従って動けばまず勝つことができる。

62 現代日本は人口の3分の2以上が奴隷である

古代ギリシャのアテネには、人口の約3分の1、約8万人の奴隷がいた。その奴隷が肉体労働をしたがために市民は時間があり、その時間を学問や芸術にあてることができた。それがためにギリシャ文明が発展したのである。もしギリシャの人すべてが生活するためにあくせくと働いていたならギリシャ文明は生まれなかったであろう。

今の日本を見ると、夜8時や9時まで働く会社員が多い。彼らは決して自分達を奴隷と思っていない。しかしギリシャ的に考えると彼らは奴隷である。家族を養うために、ローンを払うために長時間働きゆっくりと学問や芸術を楽しむ時間がないからである。そのように考えると現代日本は古代アテネより奴隷が多い。人口の3分の2以上の奴隷である。

63　現代は世界政府が必要な時代である

国とか政府という統治機構がないとどうなるだろうか。会社が自分の会社の利益になるが、多くの人の利益を損なうことをしても、それを規制することができなくなる。警察組織がなくなるから泥棒が横行する。統一通貨がなくなるからものの交易がしにくくなる。各自が勝手に道路をつくり、統一性のある道路整備ができなくなる。要するに指揮者のいないオーケストラのようになる。各自が勝手に演奏し調和した演奏ができないのである。全体をたばねる者がいなくなるから、各自が勝手に動くようになり、一人の指導者の命令でまとまって動くことが必要なものができなくなるのである。

人と人、物と物が行き来する所では、それに調和を与えるために統治機関が必要である。そうでないと各自が勝手に動き統一した動きができなくなる。

江戸時代に東京から大阪へ行くのに約二週間かかった。最も速い飛脚便でも三日半かかった。現在は新幹線で二時間半である。東京、ニューヨーク間でも、現在は飛行機で約半日である。現在の東京からニューヨークへの移動にかかる時間は、江戸時代の東京から大阪への移動にかかる時間よりもはるかに短いのである。実際の移動時間が短いとたとえ距離があっても多くの人と物が行き来する。多くの人と物が行き来するからそれに調和を与えるために統治機関が必要となる。つまり現在は世界政府、世界大統領が必要なのである。

交通の発達により世界が狭くなり、世界の秩序を維持するために世界政府が必要な状態なのである。

それにもかかわらず、多くの国があり、各国は自分の国の利益を考え行動している。だからまとまりがなくなり、指揮者のいないオーケストラのようになるのである。

64 現代文明の危うさ

現代文明は大脳を重んじる文明である。すべて大脳の判断で動こうとする。そこに危うさがある。なぜなら大脳は誤る臓器だからである。食べ物を食べる時、カロリーは何キロカロリー、蛋白質は何グラム、炭水化物は何グラム、脂肪は何グラムと計算し必要とされる量を過不足なく取ろうとする。これが大脳の判断で動くことである。食べたいものを食べたい時に腹八分目に食べる。これは自分の内なる自然に従っているのである。味覚は外物に接して感じる感覚であり、自分の内なるものが命じるものとずれがある。それで感覚を絶対視せずに腹八分目に食べるのである。自然は一番誤りが少ない。

65 好況は人を死傷する上に成り立っている

資本主義社会は富を得ることを絶対視する社会である。そのすべての仕組が富を得るためにつくられていると言っても過言でない。富を得ることが人の幸福に寄与するものなら問題は起こらない。ところがしばしば富を得ることが人を不幸にすることによってできることがある。ひとつの例が軍需産業である。

軍需産業は戦争があってはじめて富を得ることができる。世の中から戦争がすべてなくなれば軍需産業はすべてつぶれる。軍需産業がすべてつぶれるとそこに納品している関連企業の業績も大きく落ちこむ。関連企業の業績が大きく落ちると、関連企業に納品している企業の業績も落ちる。影響は軍需産業だけでなく産業全体に及ぶ。

今日アメリカがシリア領内のイスラム国に空爆を開始した。これでたくさんのイスラム国の人々が死傷されることになる。それに反発したイスラム国が欧米でテロを起こす可能性が高く、多くの欧米人も死傷される可能性が高い。この戦争は人に大きな不幸をもたらす。しかしこれで軍需産業は大きく潤うのである。ウィキペディアによると、トマホークは1本が143万ドル、1ドル100円とすると、日本円で1億4千3百万円である。こういう高価なものをたくさん使ってくれると軍需産業は大きな利益を得る。それがために関連企業の業績もよくなり、その関連企業に納品している企業の業績もよくなり、産業全体の業績がよくなる。社会の好況は人を死傷する上に成り立っているのである。

66　広告が本来の自分の心を失わしめる

民放テレビは視聴者から受信料を取っていない。その費用は広告料から賄っている。もし広告料が大きく減少するなら民放の経営は成り立たなくなる。それで巨額の広告をしてくれる広告主に気に入られるような放送をしようとする。大企業のつくっている自動車や家電製品や薬を買わせるような番組を放送しようとする。民法番組の広告はコマーシャルの時間だけと思ったら間違いである。番組内容にも広告主の意向が大きく影響している。視聴者は受信料がいらない安い娯楽と思ってテレビをつけっ放しにしたりする。自分の心を宣伝の洪水の中に埋もれさせてしまい本来の自分の心を失ってしまうことになる。非常に危ないことである。新聞もその収入の半分が広告である。新聞の内容も広告主の意向が大きく影響していると考えるべきである。

67　幸福を得る最短の道

自分の内はいつも自分自身のために動いている。よって自分の内に従うべし。自分の外はいつも地球の調和のために動いている。よって自分の外に従えば自分を害することが少なくない。自分に頼ること、これが幸福を得る最短の道である。

68　心はどのような時に強くどのような時に弱いか

心はその柔軟さが強みである。柔軟さのない心は極めて弱いものである。心を白くして新しい考え方、見方が浮かび、新しい考え方、見方が宿るようにする。心を白くしないと一つの考え方、見方に固まってしまう。そういう固い心は、柔らかい心に簡単に負かされる。

敵に動きをつかまれた軍は必敗である。必ず東に動くと敵につかまれると東に伏兵を置かれて必敗の形になる。同様に固い心は人にその動きをつかまれる。その動きに因りて撃たれると必敗の形になる。柔軟な心はどのように動くのかまったくわからない。だから撃ちようがない。

69　国家の本質は暴力と金である

国家の本質は暴力と金である。暴力と金で社会の秩序を維持し人を支配している。法律や政策の如きは暴力と金による支配を正当化する美辞麗句に過ぎない。暴力とは武力であり、軍隊である。国家が成立する時には必ず強い軍隊が必要であり、また軍隊が弱体化した時は国家の滅ぶ時である。武力は国の興亡に直接影響する。しかし武力だけでは国を治めることはできない。武力は鞭であり、鞭による恐怖だけでは人を治めることはできないのである。飴を与えて人を満足させなければならない。金とは金や家や食料や衣服やその他の娯楽を総称して言っている。人に十分の金、家、食料、衣服、その他の娯楽を与えるのが飴である。強い軍隊があり、十分の金、家、食料、衣服、その他の娯楽が国中にゆきわたっている時国家は栄える。

70 国家は土地の所有権を守るために経験的に考え出されたものである

人間はいろんな物を求めて争い、殺し合いをしてきた。土地、金銀、宝石、地位、名誉…。その中で最も多くの血を流したのは土地である。金銀、宝石は動かして隠すことができる。地位、名誉はいろんな種類がありひとつの地位、名誉に希望が集中することは比較的少ない。土地は動かすことができず隠すことができない。また食物の源であり、石油などの資源の源ともなり、みんながほしがる。その争いが最も過酷となるのである。

国家というのは土地の所有権を守るために経験的に考え出されたものである。同じ土地を一人の人と十人の集団が所有権を主張して争えば当然十人の集団が勝つ。百人の烏合の衆と一人の支配者のもとに統率のとれた百人の集団が争えば当然統率のとれた集団が勝つ。武器を持つ百人の集団と武器を持たない百人の集団が争えば当然武器を持つ集団が勝つ。土地の支配権を得るために、一人の支配者のもとに統率がとれており、しかも武器を持っている大きな集団になろうとする。これが国家である。国家の成立の基盤となっているのは土地の所有権である。

財産を土地で持っている人は自分の財産を守るために国家を必要とする。国家の力がなければ、他国に財産を奪われる。財産を金銀や宝石で持っている人は土地を持っている人ほどは国家を必要としない。金銀、宝石は国家がなくても、隠して守ることができる。自分の知識や能力を財産と考える人は国家はむしろ有害な存在となる。一つの国だけに住んでおれば、いろんな国を知っている人より知識、能力はむしろ劣ってくるからである。

71　古典を使うにはどうするか

論語や孟子を読む時、孔子の言おうとしたことを正確に捉えようとする、孟子の言おうとしたことを正確に捉えようとすることは確かに大事である。孔子や孟子の言おうとしたことを曲解し自分勝手の解釈になってしまっては論語や孟子を読んでいるとは言えないからである。しかし孔子の言っていること、孟子の言っていることを完全に正確に理解したとしても、それだけで何の意味があるのだろうか。孔子や孟子は孔子、孟子が生きた時代に対してこうしなさいと言ったのである。孔子や孟子の言ったことが百パーセント通じるのは孔子、孟子の生きた時代である。時代が変わればその言は百パーセント通じなくなる。孔子、孟子の時代には株式会社はなかった。飛行機はなかった。テレビはなかった。パソコンはなかった。現代は孔子、孟子の時代とはずいぶん変わった時代になっている。時代が変わった以上現代の時代に使うためには、孔子、孟子の教えを千変万化させなければならない。孔子、孟子の言った通りに現代に使おうとするのは無理がある。

72 言葉や文章を見ればその人がわかる

人は考えて動く。その人の考えを表現したものがその人の言葉や文章である。だからその人の言葉や文章を見ればその人がわかる。

73 誤解は無知よりも怖い

外国人が一週間から十日ほどの旅行に初めて日本に来るとする。日本のどこを見るだろうか。東京、京都、大阪という大都市の名所旧跡が多い所だろう。私は徳島県の田舎に住んでいるが、初めて日本に来た外国人が徳島県の田舎に来ることはまずない。東京、京都、大阪の観光用に整備された所だけを見て日本はこんな所だと思ってしまう。確かにそれは日本の一面だが、日本には他の面もある。

誤解は無知よりも怖い。無知の場合は知っていないと思っているからよく知っている人の意見も聞き慎重に行動するから案外失敗しない。誤解の場合は間違っているのに知っていると思っているから安易に行動し大きな失敗をする。日本の一面だけを見て日本を誤解した人は日本をまったく知らない人よりも怖い。

このことは日本人が外国旅行に行った時も同じである。一週間から十日ほどの旅行をして、イタリアはこういう所だ、マレーシアはこういう所だと思ってしまう。それはその国の一面だけを見ているのであって、一面だけを見て判断してしまうことは危険である。

74　語学の習得の仕方

私達の母国語の習得の仕方を考えてみるに、最初は確かに「お母さん」「まんま」というような単語で覚えて単語で言う。しかし、じきに文で覚えて文で言うようになる。こういう気持の時はこう言うのだと文で覚えていて言葉を発するのである。単に単語だけを覚えていてもそれをどのように組み合わすのかがわからなければ文ができず、言葉にならない。外国語を習得する時も文で覚えることが大切である。「私は学校へ行く。」という気持の時は「I go to school.」と言うのだと文で覚えるのである。日本の英語教育はこれを単語で覚えさせようとすることが多い。I＝私は　go＝いく　to＝～へ　school＝学校　と覚えさせるのである。そして次のような過程で英語を言わせようとする。

「私は学校へ行く。」という気持がある。

←

それを日本語で言うと「私は学校へ行く。」である。

←

日本語の単語を英語の単語に置き換える。

私は＝I　いく＝go　～へ＝to　学校＝school

だから

I school to go.

である。

↓

文法の知識でこれを並べ替える。つまり、英語は主語、述語、前置詞、名詞の順番になるから、

I go to school.

となる。

この方式の致命的な欠陥は日本語の単語と英語の単語が一対一で呼応しないことである。私は＝Iとしたけれど、日本語は「私が」「俺は」「僕は」「俺が」「僕が」といろいろあるが、これはすべてIになってしまう。英語のgoも多様な意味を持ち、日本語の「行く」だけで言い尽くすことができるものでない。

外国語は文を覚えて習得すべきである。つまり「私は学校へ行く。」という気持がある。その気持を英語で言うと「I go to school.」だと覚えるのである。そこに日本語は介入しない。気持と英語の文を結合して覚えているだけである。

75　塞翁が馬

２０１４年のサッカーワールドカップは塞翁が馬を短期間に見せてくれたものだった。ブラジルはチリとして引き分けた。ＰＫ戦でかろうじて勝ちベスト８に残った。この時はブラジルの選手はもちろんブラジルの国中が喜んだ。ところがブラジルは準決勝でドイツに１―７の惨敗を喫する。このあまりに無様な負け方にブラジルの国中から非難がわきあがった。もしブラジルがチリとのＰＫ戦で負けていたら、ベスト８に進出できなかったことを非難されるだろうが、ドイツにあんな無様な負け方をしてサッカー王国の名に泥を塗ることはなかった。ＰＫ戦で負けたのだから惜しまれる敗戦ということになる。優勝したドイツもその驕りからアルゼンチンを馬鹿にしたような言動が見られ非難をあびることになる。人生は何が幸となり何が不幸となるかわからないという縮図であった。おそらく今度のワールドカップの一番の勝者はオランダだろう。オランダはＰＫ戦でアルゼンチンに負けただけであり、三位で終わった。三位であるからドイツのように驕ることもない。

76　財産はどういう形で持つのがよいか

財産は容易に売れるものにしておくのがよい。財産は必要なものを買うために価値を保存しておくものと考えられる。必要なものは金によって買うのだから、換金性の乏しい財産は役に立たないのである。土地という財産は売った時の税金の高さ、相対《あいたい》取引から来る価格の人為的な変動のために換金性が乏しい。財産として持つべきものでない。

77 財産を少なく見つもると喜ぶことが多くなる

本田静六は五十万円が百万円に増えると二倍に増えたのだからずいぶん喜ぶが、千万円が千五十万円に増えてもそれほどは喜ばない。人の喜びは増えた金額に比例するものでなく、増加率に比例するという意味のことを言っている。自分の財産は取得財産ではなく、評価財産でもなく、財産が生み出す財産（私はこれを果実財産と言っている）だと考えると財産の額がずっと減る。少しの金額を基準に考えるから、収入が少し増えても喜ぶことになり、精神衛生上もよい。

78 試合、コンテストに勝って失うもの

称賛されたいという気持は誰も持っているため、自分の優れていることを人に見せびらかして称賛を得たいと思う。それで試合やコンテストをしようということになる。試合やコンテストで勝てば自分の優れていることが人に知られるからである。全国大会、あるいは世界大会の試合やコンテストで優勝すると、高く評価され称賛される。その評価や称賛を得たいと思い、大きな大会で優勝すること

さ行

が人の目的となる。

大きな大会で優勝するにはどうしたらよいのだろうか。まず人よりたくさん時間をかけることである。一日に10分だけ練習する人と一日に10時間練習する人ではまず10時間練習する人が有利だろう。しかし時間をたくさんかけた人が必ずしも勝つわけでない。生まれつきや生育環境でできた素質がある。試合やコンテストはたくさんあるが、すべての試合やコンテストで優勝する素質はまれで、たいていはどれか一つに優勝する素質である。同じ足の速い人でも百メートル競走とマラソンでは必要とされる素質がまったく違う。百メートル競走は瞬発力が必要なためその体は筋肉質である。マラソンは持久力が必要なためやせ型の人が多い。オリンピックは何年もなされているが、百メートル競走とマラソンの両方に優勝した人はまだ誰もいない。必要とされる素質が違うのである。百メートル競走で優勝する人は遺伝的に瞬発力のある体を持っており、さらに瞬発力がつくような訓練を長時間している人である。それで百メートル競走には優勝するかもしれないが、マラソンでは優勝できないのである。それは歴史が証明している。

ある試合やコンテストで優勝するには、それに必要な素質を持ち、さらにそれで優勝するように自分を適合させる必要がある。それにぴったり適合するようにつくりあげた体と心はそれ以外のことではまったく適合せず、しばしば人に大きく劣ることが出て来る。野球バカと言われるような人がいる。野球では確かに素晴らしいが、それ以外のことでは大きく劣り会社でも役に立たないような人である。これは野球に限らずすべての試合やコンテストで起こりえる。今の日本の教育は言ってみれば大学受験というコンテストを目的にした教育である。大学受験コンテストで高得点を得る者を勝者としているのである。その試験は記憶力を試すものであり、記憶力に優れた者が有利であり、独創性、先見性に優れた者は不利である。だから会社を設立して成功するような独創性、先見性が必要とされることは、大学受験コンテストの勝者である東大卒はむしろ少ない。

試合やコンテストで勝とう、優勝しようと日々を送る人は多い。その努力でその試合やコンテストには優勝するかもしれない。しかしその努力のため、それ以外のことでは人に劣ることが出て来るのである。

79 幸せな死に方

医学は人間を死なせないことをその大きな目標としてきた。ところが人間は必ず死ぬものである。世の中の法則にはたいてい例外があるが、この法則には一人の例外もない。名医と言われたヒポクラテス、張仲景も死んだし、聖人と言われた釈迦や孔子も死んだ。すると人間を死なせないという医学の目標は絶対に達成することのできない目標なのである。医学のできることはせいぜい死をのばすこと、つまり人間の命をのばすことである。人間の死をのばすことははたして本当にその人を幸福にしているのだろうか。社会全体の幸福となっているのだろうか。

真に健康な人はどういう死に方をするのだろうか。普段と変わらない生活で、精力的に仕事をしたり趣味に没頭したりしていた。ところが一〜二日寝込んだかと思うと急死した。これが真に健康な人の死に方である。今の医学はこういう死に方をすることを医学の目標としているのだろうか。決して目標としていない。急死をもたらす病気には心筋梗塞や脳梗塞などがある。心筋梗塞になれば現代医学は懸命に冠状動脈を塞いだ血栓、塞栓を取り除いて、救命しようとする。脳梗塞になれば現代医学は懸命に脳動脈を塞いだ血栓、塞栓を取り除いて、救命しようとする。現代医学は急死することを何とか防ごうと懸命に治療しているのである。その急性期の治療で完全な健康体をとりもどす人もいる。しかしたいていは救命されたとしても後遺症が残る。大きな麻痺が残り寝たきりになることも少なくない。

今ここに脳梗塞を発症したAという人がいるとする。もし何もしなければAはそのまま急死した可能性が高い。現代医学は懸命に救命しようとし、Aは一命をとりとめた。しかし片麻痺、構音障害、脳血管性痴呆の後遺症が残ったとする。Aはこの後遺症を抱えてさらに十年生きたが、再梗塞を起こして死亡したとする。さて現代医学はAの脳梗塞を治療してAの命を十年のばした。これは現代医学の勝利なのだろうか。

まずAにとってこののびた十年の命は幸福であっただろうか。半身が動かず、日常生活が非常に不便となり、好きであったゴルフもできなくなった。話が十分できないため、友人も少なくなり、家族と談笑することもほとんどなくなった。さらに痴呆が進んでくると周囲の者にも馬鹿にされるようになった。昔は小さい会社ではあったが、社長であったから多くの人に尊敬されていた。Aにとってのびた十年は決して幸福でなかったのである。

Aの家族にとってこののびた十年の命は幸福であっただろうか。Aは仕事をしている妻がおり、子供は長男が一人いた。長男夫婦は同じ敷地内に住んでいるが、所帯は別にしている。Aが半身不随になったため妻の負担が増えた。日常生活が不便となり、ゴルフもできなくなったためかAは不機嫌なことが多くなり、夫婦の間がしっくりいかなくなった。Aの痴呆が進んでくるとAを一人で置いておけなくなった。それで妻は仕事をやめてAの介護に専念した。妻が一生懸命介護しているのに、Aはブツブツとよく不平を言った。以前は穏やかな夫であったのに、性格も変わってしまったようであった。Aはやがて大小便の処理も十分にできなくなり、さらに昼夜逆転の生活となった。ささいなことで調子が悪いとしょっちゅう妻を夜に起こすようになった。これが続き、妻は夜に十分に眠れなくなり、それがために病気となってしまった。医者から、今の状態では夫の介護は無理だから夫を介護老人保健施設のような所へ入れるようにと言われた。ところが介護老人保健施設は入所できるまでかなりの日月を待たなければならなかった。その間の介護を長男の妻がすることになった。長男の妻も仕事をしており、仕事と介護の両方こなすのはきつかった。やはり夜間にしょっちゅう起こされるため長男の妻も体調を崩し、仕事を長期間休まざるを得なくなった。ようやく介護老人保健施設にあきができたが、Aは入所を非常に嫌がった。住み慣れた家を離れたくなかったのである。Aの介護に困り果てていたAの家族は無理やりAを介護老人保健施設に入れた。Aの長男は「親を追い出すのか、この親不幸者。」となじられ、辛かった。Aは無理やり介護老人保健施設に入れられたことに抗議しようとしたのか、勝手に施設の外へ出ていった。Aのいないことに気づいた介護老人保健施設の職員は懸命にAを捜し、ようやく無事なAを見つけた。しかし勝手に外へ出ていくようでは施設としてAの安全が保証できないため、家族に当施設で管理できる人でないと言い、施設が行動の管理ができる精神病棟に預けるように言った。介護老人保健施設に断られた家族は精神病院に入院をお願いした。今度もAは強く抵抗し、家族をなじった。精神病院の医者は医療保護入院という家族の同意による強制入院の形でAを閉鎖病棟に入院させた。この精神病棟でAはのびた十年の命の五年を過ごし、再梗塞を起こし死亡したのである。Aののびた十年の命は妻と長男の妻を病気にし、妻の仕事を奪い、長男の妻の長期の仕事の離脱をやむなくした。さらに夫婦の関係を冷たくし、親子の関係を険悪なものとした。Aの家族にとってAののびた十年は決して幸福でなかったのである。

社会にとってAののびた十年の命は益をもたらしたのだろうか。妻が仕事ができなくなったこと、長男の妻が長期間仕事を休んだことは社会にとって損失である。精神病院での治療には医療保険の形でかなりの社会資本を使った。それだけ社会資本は損失を受けた。益を受けたのは介護関係の仕事をしている人々である。Aの介護のためにおむつなどの介護用品をたくさん使用したから、こういう介護商品を売る人は益を受けた。精神病院も入院患者が一人増えたのだから益を受けたと言うべきだろう。

現代の医学は人間を死なせないこと、人間の命をのばすことを目標としてきた。けれどのびた命は必ずしも本人を幸福にしているわけでない。必ずしも家族を幸福にしているわけでない。必ずしも社会に益をもたらしているわけでない。むしろしばしば本人や家族を不幸にし社会に損失をもたらしている。人間の最も幸せな死に方は急死である。現代医学はこの急死を防ごうと懸命になった。その結果長い間本人と家族を苦しめる病気を持った人をたくさん生み出した。現代の医学はただ人間の命をのばすことばかりを考えてきた。しかし命をのばしたがために、本人も家族も社会も不幸にすることがしばしばある。医学はただ人の命をのばすことのみに汲々とすべきでない。医学は人を幸福にすることに汲々とすべきである。急死は最も幸せな死に方なのである。

80　自然に従うと人に従うと

自然に従って生きる者と人に従って生きる者とでは時間が経つと能力にかなり差が出る。自然に従って生きるとはライオンが大自然の中で生きるようなものである。人に従って生きるとはライオンが動物園の檻の中で生きるようなものである。狩をする能力でどちらが優れるだろうか。体力と敏捷さでどちらが優れるだろうか。困難を生き抜く知恵でどちらが優れるだろうか。

81　視聴率が高いのは深遠な理がない

視聴率が高いというのは、多くの人にわかるということである。多くの人にわかるというのは、深

さ行

遠な理でないということである。深遠な理は深く考えなければわからない。テレビのようにぼんやりと見ていてわかるものでない。よって視聴率が高いというのは深遠な理がないということである。

82　失敗して成長する

失敗は確かに辛いことだが、修復可能な失敗はその人を成長させる糧になる。何も失敗しなかった人生とは何も成長しなかった人生である。

83　支配者のために理なきを理とする

昔は堯舜《ぎょうしゅん》という理想的な君主が国を統治している時があったらしいが、暴力や姦計で国の実権をとり、国を支配することが長く続いている。少なくともこの二千年は戦争という暴力で人を打ち負かした者か、そういう者の子孫が国の実権をとり国を支配している。戦争で人を殺すことは本質的に悪である。支配者は悪をしておきながら自分を正当化しようとする。そこに理でないものを理とする無理が生ず。理でないものを理としてそれに従って動けば、理でないために必ず失敗することになる。その時代の官制、学問は、支配者に逆らわないために支配者の無理を理とする。無理を理とする学問を学び、それに従って動けば必ず失敗することになる。

84　資本主義社会の牙

資本主義社会は本質的に偽善的な社会である。ほとんどのことは金を儲けるためになされる。けれど金を儲けるためにしていることをあまり言わず、人のためにしているということを強調する。医者は患者を治すためにしていると言う。製薬会社は患者を治すために薬をつくっていると言う。自動車会社は人に幸福を提供するために自動車をつくっていると言う。食品会社はおいしく健康的なものをつくり人に幸福を提供するために食品をつくっていると言う。本質は金を儲けるためにしているのである。金儲けと患者の治療や人の幸福が相反する時、資本主義社会は患者の治療や幸福を犠牲にしてでも金儲けを取るのである。ここに資本主義社会はその牙を見せる。

85　市民の富という支配者

ほぼ自給自足で交換社会があまり発達していなかった昔は、金持ちになるとは出世することでした。高位を得て王からたくさんの金銀や土地をもらうことでした。ところが交通機関や通信網がだんだん発達してきて、交換がますます盛んとなってきます。すると安く買い高く売るという交換を巧みに繰り返すことで富を蓄える者がたくさん出現してきました。富を蓄えた者がその富の力で政治にまで進出しようとしたのが市民革命です。市民の富が王の力に勝ったのでした。以後は市民の富が政治を支配することになります。今は交通、通信網が高度に発達し、極端すぎるほどの交換社会になっています。毎日毎日ねじを作るだけでその他の必要なものはすべて買うとか、書類を書くだけでそのほかのものはすべて買うというような生活が普通になっています。それで交換の巧みな者は以前のどの時代よりも富を蓄えやすくなっています。市民革命以前は政治をし、社会をよくするには、王に認められ権力を与えられることが必要でした。それで孔子、孟子も道を害さない程度に自分を王に売り込み、権力を委任されて人を幸福にし社会をよくする政治をしようとしています。けれど現代では総理大臣や大統領は昔の王の力とは程遠いのです。実際の支配者は市民の富です。それで社会をよくする仕事をするには、この富を手に入れることが必要になるのです。孔子、孟子の時代に社会をよくする仕事をするには、王に認められることが必要であったように。

86　生涯現役で誰が一番得をするか

仕事をすることはよいこととされる。生涯現役と言い、死ぬまで仕事を続ける人もいる。仕事の目的は金を儲けることである。人に役立つことであってもまったく金にならないものは、仕事とは言えない。これは社会奉仕である。生涯現役で仕事をするとは、死ぬまで金を儲けるということである。年を取っても貯金がなくその日の生活にも困るなら生きるために働かざるを得ない。ところがすでに貯金も十分にある会社の社長が生涯現役と言い死ぬまで働く。そうして蓄えた金を自分は使うことができず死ぬ。その子孫が遺産として受け継ぐことになるが、相続税として多額の金が徴収される。さらに遺産が多額だと、今まで仲のよかった兄弟親戚が遺産をめぐり喧嘩を始める。一生働きづめであった本人はもっと余裕のある人生を送り、仕事以外の好きなことをしたほうが幸福でなかったのか。その子孫は遺産をもらっても兄弟親戚と喧嘩別れしてしまうと不幸ではないか。生涯現役で働くことで誰が一番得をしたのか。多額の相続税を徴収した国である。国が生涯現役で働く社会などと言うのはそれが国が最も得をするからである。

87　商業の利益は何から生まれるか

商業の利益は物の移動により生まれる。AにあるものをBに移す時、価格差が生じる。これを利益として取るのが商業である。だから商業に適するものは移動しやすいものでなければならない。移動とは場所の移動だけではない。所有者の移動、時の移動も含まれる。

ここに二千万円の土地があるとする。土地は場所を移動することはできない。だから土地の売買により利益を上げようとするなら、所有者の移動か時の移動によることになる。Aという人から二千万円で買い、Bという人に二千五百万円で売れば五百万円の利益になる。これは所有者の移動による商業である。２００２年に二千万円であった土地を２０１０年に二千五百万円で売れば五百万円の利益になる。これは時の移動による商業である。

時がたてば劣化するものは商業に適さない。例えば家は今二千万円しても二十年後にはほとんど価値を持たなくなる。だから家は時の移動による利益をあげることができない。

88 商売の方法

食べ過ぎてお腹が痛いような時は何も食べたくない。その時はパンは何の値打ちもない。何日も食べることができず、体はやせ細り、今にも餓死しようとする時はパンは大変な値打ちを持つ。同じパンであってもその時機により、その人により価値は大きく異なるのである。満腹の人からパンを買い、極端に空腹の人にパンを売る、これが商売である。

89 書斎がいらなくなった時代

昔は何かのことについて調べるとなると、自分の蔵書にあたってみたり、自分が書いておいたノートやカードを調べたり、図書館に調べに行くというのが普通だった。ところがインターネット、パソコン、スマートフォンの普及がこれを劇的に変えた。今はものを調べようとする時はたいていインターネットで検索する。自分でデータベースをつくっている人はそのデータベースも検索する。こういう検索は従来の検索よりずっと速く、必要とするものがすぐに見つかる。

デジタル検索が主となったため手元に本を置いておく必要がなくなった。インターネットは国語辞書や英語辞書のかわりもしてくれるから、こういう辞書を手元に置く必要がない。夏目漱石や森鴎外の作品の全文もインターネット上で見られる。デジタル化されていると、本の目次に載っていない項目も検索できる。それで目次による検索よりずっと速く必要な情報を取り出すことができる。

手元にインターネットにつながっているパソコンさえあれば、膨大な蔵書のある図書館で仕事をしているのと同じことができるようになった。プロの作家でもネット環境さえあれば自分の書斎でなくてもどこでも仕事ができるようになったのである。

90　書物は何に役立つか

外物の理を知るには書物が役に立つ。自分の内の理を知るには書物はあまり役に立たない。

91　知ることと誤り

ひとつ知ればひとつ誤りを生む。

92 死を怖れるのに時間を惜しまない

死を怖れる人は多い。死を怖れるのは、見知らぬ世界へ行くのが不安であるし、生きる時間が短くなるからである。生きる時間が短くなるのを怖れるのに、一分一秒を惜しむ人は少ない。生まれた時から生きていることに慣れているために、この命がいつまでも続くように思ってしまう。あと一年の命と言われた時、はじめて残された時間の少ないことに気づき時間を惜しむようになる。

93 信じる者は救われない

一見してこれはこうであると思う。その思いこみに従って動くと、思いこみと実際が違うことがある。そうすると失敗する。失敗の原因は思いこみにある。思いこむことが多ければ多いほど失敗が多くなる。信じる者は救われないのである。

人と争う時、相手の弱点はその思いこみである。相手が絶対に正しいと信じて疑わないこと、それがその最大の弱点である。

94　真に恐れるべきものは何か

理は本当に恐れるべし。理に逆らえばすべて失敗する。人は理を恐れずに他人から非難されることを恐れる。他人の非難など理に合っていないならば何の実害もない。人は真に恐れるべきものを知らない。

95　新年号に興味があるが過去の年号には興味がない

平成の天皇の退位が決まった。すると次はどのような年号になるのかと多くの人が関心を持っている。新年号が決まればこれはトップニュースになるし大きく報道されることだろう。ところが今までの年号をすべて言うことができる人はどれだけいるだろうか。ごく少数だろう。明治、大正、昭和、平成ぐらいは誰でも言うことができるが、明治の前の年号になるとあやしくなるし、明治の前の前の年号になるとさらにあやしくなる。人間は自分に身近なことには関心を持ち大事にするが、自分に遠いことには関心を持たないし大事にもしない。大事にしないから取りやすい。ものを取るには人から遠く大事にしないものを取るようにする。人と争うことなく簡単に取ることができる。それでいてその価値は身近なものとあまり変わらない。

96　侵略は許されないと言うのは既得権を守る方便である

侵略戦争と言うと大変な犯罪のように宣伝されている。しかしどの民族であれ、数千年前から同じ地に住んでいる民族はまれである。アメリカはアメリカ国土は自分達の住んでいる所だから侵略は決して許さないと言うが、アメリカ国土はもとはアメリカ人の国土でなかった。インディアンの国土であった。アメリカ人がそれを侵略して自分達の国土としたのである。侵略は許されないと言うのは既得権を守る方便として持ち出しているに過ぎない。

97　時間限定の販売は得か

欲望は今日しかない、今しかないと思うと抑制がききにくい。これを利用したのが「本日限りのセールス」とか「タイムサービス」である。買うのは今日しかない、今しかないと思わせることで欲望のタガをはずし、ものを買わせようとしているのである。今日のみ、この時間のみと銘打って販売してすべて売れればよいが、時間を限定しているから在庫が残る確率が高くなる。その在庫をさばくにはさらに安く売る必要がある。在庫をすべてさばこうとしている時は時間限定の販売はしないものである。時間を限定せずに安くして買ってくれる人が出て来るのを待つ。時間を限定しないほうが買う人が出てくる可能性が高いからである。時間限定の販売は販売量を増やし、薄利多売により利益を得ようとしているのである。またじっくり考える時間を与えずに買わせようともしている。真に安いかどうかを知るには、時間をかけてその価格と市場の一般的な価格をよく比べることが必要である。時間限定の販売に飛びつかないほうがたいていは安く買うことができる。

98 自国が滅ぶことに対する準備が必要

家が火事になることの可能性を考え火災保険をかける。交通事故になることの可能性を考え自動車保険をかける。失業することの可能性を考え失業保険をかける。大きな災いに対する準備を前もってしているのである。ところが非常に大きな災いであるのに、まったく準備していないことがある。それは自国が滅びることに対する備えである。有史以来地球上にたくさんの国ができたが、滅びなかった国は一つもない。国はいつかは必ず滅ぶ。自分が今属している国もいつかは必ず滅ぶ。問題はそれが自分が生きている間に来るかどうかというだけである。しかし国が滅ぶことに対する保険もかけなければならない。国が滅ぶことに対する保険とは何だろうか。それは他国でも住むことができることである。他国でも住むことができるには何が必要だろうか。まず語学が必要だろう。そして金が必要だろう。国が滅びない間に一度他国で住んでみるとよい。そこで生きていくにはどういう能力が必要かがよくわかる。自国が滅びない内に自国が滅んだ時の準備をしなければならない。

99　自分の意見と周囲の多数の人の意見が違う時多数の意見に従うのが正しいか

自分が懸命に考えて得た意見と自分の周囲の多数の人の意見とが違っている時、自分の意見は間違っていると考え、多数の人の意見に従うことが多い。これは大きな誤りである。自分が懸命に考えた意見のほうが正しいことが多い。多数意見は深く考えもせずに単に人に付和雷同しているだけのものが多いからである。深く考えて得た結論は考えもせずに単に人と同じでいるだけの結論よりはるかに正しい。たとえ、周囲の意見が深く、かつ大きく、自分の理解できないものであるとしても、自分に理解できないのだから、今の自分にとってはそのような深大な意見は、役に立たないのである。自分が懸命に考えた結論が今の自分には役に立つ。いずれの場合も自分が懸命に考えた結論に従うほうがよいのである。

100　自分の中にものを残すにはどうするか

自分の内から湧きあがるものに従っていない限り、自分の中に残ることは少ないと考えるべきです。

101 自分は他人のために尽しますと言う人は信用できるか

他人の大脳の考えたことに従っているか、自分の大脳の考えたことに従っているかで、大きく変わる。大脳はまず自己保存しようとするから、自分の益となることを考える。決してまず他人の益となることを考えるのでない。他人の大脳の考えたことはまずその他人を益す。決してまずこちらを益するのでない。一人を益することは他人を害することが少なくない。なぜなら一人の益は他人の害の上に成り立つものだからである。だから他人の大脳の考えたことに従うと、その他人を益するが、自分を害することになることが多い。

「自分は他人のために尽します」と公言する者が少なくない。これは明らかな嘘である。なぜなら大脳はまず自分を益することを考えるからである。真に他人のためにと尽そうとする人は、人のために働いていても、いつも本能的に自分の益を考えていることに気付き、決して「自分は他人のために尽します」などとは言わないものである。「自分は他人のために尽します」と公言する人の言に従って動けば、その人を益するがこちらを害することになる。

102 自分への執着から人生の苦しみが生まれる

人間は本当に自分を愛するものだ。そして自分の力が人より優れているんだということを人に認めてもらおうとする。人間の人生とは自分を人より優れたものとするために、そして人より優れているんだということを人に認めてもらうためになされる。人はいろんなことで自分の人より優れていることを証しようとする。地位、金、能力、持ち物、知識、学歴…。

高い地位に登るということはなかなかできないことだ、高い地位に登った自分は偉いのだと高位の人は地位で以て自らを正当化する。たくさんの金を集めることはなかなかできないことだ、たくさんの金を集めた自分は偉いのだと金持ちは金で以て自らを正当化する。ある人は書道に志す。自分のようなきれいな字はなかなか書けないのだ、だから自分は偉いのだと能力で以て自らを正当化する。人はどうしても争いをやめようとしない。自分の優越を見せびらかし人の劣ることを露にし、ひそかに喜んでいる。

こういうことの繰り返しで時間が過ぎていく。

人間は分業をしたほうが生活がしやすいために分業と協同の社会生活を始めた。けれど人間の社会生活には常に競争が伴う。自分が人に優れることを見せびらかしてやろうという黒い欲望が人間の心にうずまいている。

自分は人よりもっと徳と能力のある人間になろうとすることはよくない。これを押しつめると人の不幸を喜ぶ人間をつくることになる。孟子の「不恥不若人、何若人有（人に若《し》かざるを恥じざれば、何ぞ人に若《し》くこと有らん）」というのは、趙注のごとく、人は聖賢のことと取るべきだろう。他の人と取るべきでない。他人より自分を優れたものとしようとして努力することは、悪の始めと言うべきである。

人生の苦しみというのは、自分に執着することから生まれている。自分は人ほど出世しない、自分は人に尊敬されない、自分は歌が下手だ、自分は知識がない、自分は太っている、自分、自分、自分、人はいつも自分のことを考えている。そして自分を人より優れたものとしようとしている。人に勝てば喜び、負ければ悲しむ。勝ちと同じ数だけ負けがあるのだから、勝ちを求める限り人の世から悲しみはなくならない。人に優れることを喜び、劣ることを悲しんでいる限り人の世から悲しみは消えない。

103 自分を隠す一番よい方法は

自分を隠す一番の方法は、自分はこのような人間であると人に思わせることである。人が自分はこのような人間だと信じて疑うことがなければ、人が真の自分を知ることは決してない。自分は人から完全に隠れてしまうのである。

104　自分を助けてくれるのは神仏か

神を信じれば神が自分を助けてくれる。ありえないことである。
仏を信じれば仏が自分を助けてくれる。ありえないことである。
人を信じれば人が自分を助けてくれる。ありえないことである。
自分を助けてくれるのは理のみである。この理には情も含まれる。

105　十年後に同じ会議をしたら同じ結論になりますか

よく会議などで見られることですが、多くの人が賛同しているから正しいのだという論理がありま す。多数決で決める会議も少なくありません。けれどこの会議に参加している同じメンバーがまた十年後に集まり同じ問題を議論するなら、同じ提案に多くの人が賛同するでしょうか。十年後では人の境遇が変わり、考え方も変わりますから、まず違う結論となります。けれど十年前に理にかなってい るから正しいとしたことはそれが真に理にかなっているなら、十年経っても、二十年経っても変わら ないのです。

106　十年前の自分は今覚えている十年前の自分に過ぎない

記録は予定よりも現在の状態をすべきである。どう動くかはその時の状況により千変万化する。過去に決めた予定通りというものでない。むしろその時の状況により予定は変えなければならない。現在の状態は時が経つと忘れてしまい正確には思い出せない。十年前の自分がどうであったかは自分でさえ正確にはわからない。今自分が考えている十年前の自分とは、今覚えている十年前の自分に過ぎない。忘れてしまったことは、もし記録していなければ永遠に失われてしまったのである。

107　常識に従って生きるとは

人がつくったいろんな檻の中で生活し、その檻から出ようとしない。これを常識に従って生きると言う。

108　優れた人は恐れられても愛されることは少ない

優れている人を見ると人は自分が負けたように思う。それで人は優れている人を憎みがちなものである。

猫をペットにする人は多い。猫は人間より弱いからそれをいとしむ気持をよく起こす。また猫に害される心配はほとんどないから安心してペットにできる。ところが虎をペットとする人はほとんどいない。素手だと人間は虎にかなわない。虎は自分より強くていつ食われるかもしれないと思うから、いとしむ気持が生まれてこない。だからペットとしない。

人間は自分より強くて自分より能力がある人間はいつ名や利を奪われるかもしれないと思う。それで愛の気持が生じてこない。優れた人というのは恐れられても愛されることは少ないものである。

109　成功体験に頼ることは危険

日本人は信号が赤だと、車がまったく来ていなくても横断しないのが普通である。ところが信号が青になると、左右の確認をせずに横断する。日本では赤信号でつっこんで来る車は少ないため、青になると安心感があり、左右の確認をせずに横断するのだろう。しかしこれは非常に危険である。低い確率であってもつっこんで来る車は必ずあるからである。信号が青でつっこんで来る車は今まで なかったという成功体験で、信号が青で突っ込んでくる車はないと思ってしまうのである。左右確認をしてつっこんで来る車がなくてはじめて安全に横断できるという基本を忘れてしまうのである。成功体験に頼ることは危険なのである。

110　成功への道

多くの人が正しいと思うこと、多くの人が正しいと思って行動していることも真に正しいのかとよくよく思うべきである。それが正しくないとわかればこれは大きなチャンスになる。周りの人がみなそのように考え、そのように行動しているなら、多くの人はそれが誤っていると気づくことは少ない。むしろ誤っているなどと言えば怒り出すだろう。怒り出すだろうからこちらから教える義務もないのである。誤っている考えに立って動くなら時間がたてば自ずと失敗してしまう。みんなのしていることをしないだけで成功への道を手に入れるのである。

111　聖書は神の言葉でない

聖書は神の言葉でない。人間の言葉である。その時代、その土地、その人にとってはそれが正しいことであったかもしれない。しかし時代が変わり、土地が変わり、人が変わればそれは変えなければならない。変えずに神の言葉だということでそのまま信じれば危険である。今の理に合わなければ必然的にものごとはうまくいかなくなる。

112　政治家はどのようなことをしようとするか

P選挙区からAという政治家が衆議院の選挙に立候補して当選したとします。その任期の間にその力によりP選挙区の平均所得が2倍になった（他の選挙区はせいぜい2割増しに過ぎない）とします。四年後の選挙にまた立候補した時、Aは当選するでしょうか。ほぼ確実に当選するでしょう。選挙民は自分達の得をするものに票を入れるからです。損得も他人との比較でなされます。自分達の所得が倍になっても、他の人が皆3倍になれば決して得をしたとは思わないでしょう。つまり自分が得をするとは、他の人が自分以下の所得で損をしているということです。選挙民は他の選挙区の人々を損させる政治家にたくさん投票します。投票数は政治家の力の基盤です。だから投票数を伸ばそうとして、政治家は他の選挙区を損させて、自分の選挙区の利益をはかろうとします。

113　西洋薬は漢方薬より好ましいか

漢方薬は生薬の組み合わせでできているから一つの漢方薬にはいろんな成分が入っている。ところが西洋薬はほとんどが純粋な一物質である。純粋な一物資で病気を治そうとしている。純粋な一物質を体に与えれば体はいろんな極端な反応をするだろう。それで病気というひとつの極端な状態が改善し減少することはあるだろう。しかし純粋物質という異物は体のいろんな部位で極端な反応を起こす。全体的に見ると体に好ましくない影響を与える。

114　世界大統領を選ぼうとするとどうなるか

世界大統領を選ぶことにすると、現在の政治体制なら選挙をすることになる。各国が世界大統領候補に自国の人間を立てるとなると、選挙は数が多い者が勝つから人口が多い国が有利になる。アメリカの人口は約3億だが、中国の人口は13、14億人である。選挙をすればアメリカの候補者は中国の候補者に負けることになる。候補者をしぼるために、宗教ごとに候補者を立てると、キリスト教は20・5億人、イスラム教は15億人、ヒンズー教は9・1億人、仏教は3・8億人である。キリスト教圏の国が勝つことになる。しかしイスラム教圏の人口はどんどん増えているがキリスト教圏の人口はそれほど増えていない。将来イスラム教圏の人口が第一位となると考えられている。すると将来はイスラム教圏の国が勝つことになる。

115　選挙で政治の長を選ぶのは優れた制度か

君主制のもとでは君主に独裁的な権力が与えられる。それでは一個人の恣意によって政治が動かされ、多くの民衆の利益に反した政治が行われる。多くの民衆のための政治を行うということで民主主義革命がなされて来た。けれど民主主義政治でも必ず君主に相当するもの、大統領や首相を選ぶ必要がある。組織は一人の長を選び、上意下達の形を取らないと、各構成員がばらばらに動き、組織としての体をなさなくなる。だから民主主義政治としても長を選ぶことが絶対に必要なのである。それでは民主主義政治は君主政治とどこが違うのか。君主制では君主はたいてい世襲で選ばれていた。民主制では選挙で選ばれる。君主の子供が必ずしも政治的能力が優れているわけでない。多くの人の投票で選んだほうが優れた人物を選ぶことができるとするのが民主主義制度の理論的根拠である。

ところがその民主主義社会でも会社の社長や病院の理事長は世襲が多い。世襲でなければ優れた部下を社長が登用して社長とするのが普通である。全社員の選挙により社長を選ぶという会社は私の知っている限り一つもない。なぜ民間組織では選挙という長の選び方をしないのか。

会社は一人あるいは数人の志ある者によって興される。その創業者が能力があればさらに多くの人を雇い事業を拡大していく。少数の会社が大企業となる。創業者が年をとり現役を退く時、自分の子供に跡を継がせたいと思うのが我が子を愛する親の常である。我が子があまりにもできが悪ければ、会社に貢献した優れた部下を選ぼうとする。ただしこの場合も経営権は部下に譲っても持っている株券は我が子に譲るのが普通である。株券は財産と考えられ、財産は子供が相続することは民主主義下の民法でもきちんと定められているからである。

また選挙で社長を選べば、社員の利益を最大限に主張する人が選ばれ、会社の利益を最大限に主張する人は選ばれなくなる可能性が高い。社員の給料を上げると主張する人が多くの票を集め、社員の給料を下げて会社の利益を上げると主張する人は票が集まりにくい。社員の選挙で社長を選べば会社を危うくする人が社長となる可能性が高いのである。また創業社長にしてみれば単に使われているだけの一般社員に社長としての能力を的確に判断する能力があるのかと思う。社長としての能力は成功した創業社長が一般社員よりもはるかによく知っている。だから創業社長が選ぶほうが一般社員の選挙で選ぶより適切な人を選ぶことができる。

民主主義下の君主の選び方、つまり大統領の選挙などでも同じことが言える。各国民の利益を最大限に主張する人が選ばれ、自国の利益を最大限に主張する人は選ばれにくい。政治的能力のない一般民衆は政治的能力のある人を見抜く力がない。それで単に見せかけだけの名大統領を選ぶことになる。また選挙は多くの人に自分の名前や顔を宣伝する必要があるため、多くの人を使う必要がある。それで多くの金が必要である。金を持っている大企業と結びついた人が有利となり、そういう人が選ばれる傾向がある。民衆のための政治でなく大企業のための政治がなされることになる。

このようにいろんな面から考えると選挙で政治の長を選ぶという現行制度は決してうまく機能しえない根本的な欠陥を有している。昔の世襲の君主制より優れているとは決して言えないのである。

116　戦争での民間人の殺傷は何の正当性もない

戦争は武器を取っている兵士と兵士の間でなされるものであり、武器を取っていない民間人は殺傷の対象にならない。原爆で多数の民間人を殺したり、東京大空襲で多数の民間人を殺したりしたことは、何ら許されるものでなく、何の正当性もない。

117　税金はどのように再分配されるか

国家は国民から税金を取りその税金を再分配して使う。この税金をどのように再分配して使うかを決めるのが政治家とキャリア官僚である。

政治家の一番の関心事は何なのだろうか。それは自分が再選されることである。猿は木から落ちても猿だが、政治家は選挙に落ちるともう政治家でない。ただの人である。

自分が再選されるためには自分の選挙区で有権者に票を入れてもらわなければならない。現代の日本は小選挙区制になっている。日本全体の選挙区で個人の名前を投票する制度は今はなくなった。タレント議員が有利になるためだろう。大選挙区は政党名を投票することになっている。小選挙区で勝つためにはその小選挙区の人が有利になるような政治活動をしなければならない。あの人が政治家になると就職を世話してもらった、道路ができたとなると選挙民は票を入れる。また小まめに選挙区の人とつき合うと選挙民の人となじみになり選挙民の人は投票する。小選挙区制で勝つためには日本全体のことを考えた政治活動よりも、自分の選挙区が有利になる政治活動、自分の選挙区の人と知り合いになる活動をしなければならない。

政治家は政党の幹部になると、自分の選挙区のことだけを考えた政治活動はできない。政党に投票する大選挙区があるのだから、国民全体に不人気なことをすると自分の政党の投票数が減少する。また小選挙区は政党と政党の争いであることが多く、不人気な政党になれば小選挙区でも負けることになる。それで国民が気に入るような政策をしようとする。

国民はどのようなことが気に入るだろうか。資本主義社会の中では人々は金をかせぐために日々働いている。会社は利益を上げるために活動している。国民の収入や会社の利益を上げるようなことをすれば人気が出る。政治家は国民から集めた税金を再分配する権限を持っている。それで税金をできるだけ多くの人から支持を得られるように再分配しようとする。また政治家は国債を発行する権限を持っている。国債を発行することはほとんど印刷する金を増やすことに等しい。お金をたくさん印刷してまで国民の収入や会社の利益を増やそうとする。

税金として徴収されたものは時の政権を担う政党の人気を高めるために再分配されるのである。

118　税制では法人が個人より有利

個人が収入を得るためには、食事を食べたり家に住んだりしなければならない。食事を食べなかったり雨露にさらされたりすると病気になり収入の道が途絶えてしまう。つまり食費や住居費は必要経費とみなすべきものである。ところが税制はこういうものを必要経費と認めない。生きていくのに当然必要なものは必要経費と認めないのである。ところが法人になるとそのものを生産するのに必要なものは食費であっても住居費であっても経費として認められる。同じ賃貸の家であっても個人の自宅という名前にすると、賃料は経費と認められないが、法人の事務所という名前にすると経費として認められる。税制においては法人が個人よりずっと有利なのである。

119　前例のないことはすべきか

公務員はそれは前例のないことだと言ってしない。経営者はそれが前例のないことならぜひそれをすることを考えなければならない。前例がないことをすれば人の持っていない能力を身につける可能性が高いし、うまく成功すれば大きな利益をもたらす。

120　相場で仕かけるのは遅れめ、仕舞うのは早めがよい

相場で仕かけるのは遅れめ、仕舞うのは早めがよい。「二つ仕舞い、三つ十分、四つ転じ」と本間宗久も言っている。仕舞うのは十分になる前に仕舞うのである。反対に仕かけるのはその値、そのタイミングが出るまで何ヶ月でも待つのである。仕かけた時にすでに勝負は決まる。仕かけが間違わなければ負けることはない。仕舞いのテクニックはその利益を大きくするか、小さくするかだけのことである。仕舞いのテクニックで損したものを利にすることはできない。損得を決するのは仕かけのテクニックである。

善く戦う者はまず勝つべからざるを為して敵のよく勝つべきを待つ。勝つべからざるを為すのが仕かけのテクニックでる。敵のよく勝つべきを待つのが仕舞いのテクニックである。

121　組織人のジレンマ

組織は上意下達の世界である。上の命令には従わなければならない。これがなくなると組織がバラバラになり組織としての強みがなくなる。烏合の衆の集まりとなる。烏合の衆の軍隊が戦いに勝ったためしはない。上意下達の社会だから理不尽な命令、反社会的な命令、反道徳的な命令も来る。組織人はそういう命令にも従わなければならない。それが嫌なら組織から離れるか、もっとましな組織に

さ行

入るかである。トヨタ自動車や武田薬品は日本の優良企業だが、こういう企業でもしばしば訴訟を受けて有罪となる。有罪となるのは法律に反することをしたからである。そういう法律に反することを実際にしたのは、会社という実在しないものでなく、トヨタ自動車の社員であり、武田薬品の社員である。なぜその社員がそういうことをしたかというと、上に命じられたからである。確かに社員が自分の出世や利得のために独断ですることもあるが、大きな決定で社員の独断を許すようだとトヨタ自動車や武田薬品のような優良企業にはなれなかったはずである。組織人は組織の中で生き残るために反社会的なこと、反道徳的なことをしなければならないというジレンマをかかえている。

122 その人の価値はいつわかるか

暇な時に何をするかを見ればその人がわかるし、その人の価値がわかる。

123　怠惰な生活で体力や知力がつくか

こたつに入り、テレビを見て、酒を飲み、おいしいものを食べて、仲間とぺちゃくちゃしゃべり人の悪口を言って楽しんでいる。こういうことばかりをしていて体力がつくだろうか。寒い中で体に負荷をかけて体を鍛えている人とでは時間が経つとかなりの差が出て来る。頭も同じである。こたつに入り、テレビを見て、酒を飲み、おいしいものを食べて、仲間とぺちゃくちゃしゃべり人の悪口を言って楽しんでいる、こういうことばかりしていたのでは頭をまったく使っていない。難しい本を読み、その意味がよくわからず、ああでもない、こうでもないと考えをめぐらしている人とでは時間が経つとかなりの差が出て来る。

124　宝くじは競馬競輪より損をする

宝くじは1兆円ほどの売上があり、平成22年は前年より減少したとはいえ5781万人もの人が宝くじを購入した。宝くじを買った経験のある人は男性が83％、女性が74％である。月二回以上宝くじを買う人は人口の一割以上いる。宝くじはどうもギャンブルと思われていないようである。競馬、競輪やパチンコへ行くのをギャンブルと厳しく非難する人が平気で宝くじを買ったりする。宝くじも明らかなギャンブルである。ギャンブルはその主催者（胴元）の取り分があり、その残りが参加者に支払われる。宝くじの主催者の取り分は50％～60％である。つまり宝くじは確率的に払った金の40％～50％しか返ってこない。競馬競輪は主催者の取り分は25％であり、パチンコは3％～8％である。これから見ると、競馬競輪やパチンコのほうがずっと勝つ確率が高いギャンブルである。宝くじのような不利なギャンブルをする人は経済を知らない人である。

125　宝くじは賭博である

大辞林によると博打《ばくち》とは「金や物などをかけて勝負事をすること。ばくち。」となっている。またギャンブルは「賭け事。博打。投機。」となっている。賭け事は「金品をかけてする勝負事。かけ。」となっている。宝くじは宝くじを購入して、つまり金をかけて、当選番号を得ようと勝負事をすることだから明らかに賭博であり、ギャンブルであり、賭け事である。ところが宝くじを賭博、ギャンブル、賭け事と思っていない人は多い。テレビでも野球賭博を犯罪であると厳しく非難する一方、宝くじのコマーシャルがたくさん流される。また宝くじは購入の年齢制限がない。未成年者への販売は自主規制している売場もあるが、未成年に宝くじを売っても法律上何ら問題ない。まるで宝くじは賭博でないかのようである。

賭博は刑法百八十五条に罰則既定がある。「賭博をした者は五十万円以下の罰金又は科料に処する。ただし一時の娯楽に供する物を賭けたにとどまるときはこの限りでない。」とある。「一時の娯楽に供するもの」は食事やお菓子などのその場ですぐに消費してしまうものである。金銭は「一時の娯楽を供するものに」に当たらない。それでは宝くじはなぜ刑法百八十五条によって罰されないのか。刑法三十五条があるからである。刑法三十五条は「法令又は正当な業務による行為は罰しない」と規定している。宝くじは「当せん金付証票法」があり、この法令による業務にあたる。だから刑法百八十五条は適用されないのだ。

宝くじは法律上賭博として罰されないとしても、これが賭博であることは明らかなことである。刑法はなぜ賭博罪を定めたのか。それは「賭博は国民の射幸心を煽《あお》り、勤労の美徳を損ない、国民経済に悪影響を及ぼす」からである。この法意を尊重しなければならない。法律上問題ないとしても、刑法百八十五条の法意に基づき宝くじの宣伝や未成年者への販売はすべきでない。

126　たくさんのものを持っている人は不幸になりやすい

人はものをたくさん持っておれば幸福になるに違いないと思っている。大きな家があり、その家には高価な家具や機器が備わっている。箪笥はブランド物の衣裳であふれている。宝石箱には高価な宝石がつまっている。車庫には高価な自動車が何台もある。地位は非常に高く収入も多い。人々から尊敬され好かれている。こういうふうであれば幸福になるに違いないと思っている。これは人間はどういう場合に幸福を感じるかを知らないのである。人間は以前より状態がよくなった時に幸福を感じる。

以前より状態が悪くなった時に不幸を感じる。百万円の貯金のある人が百二十万円の貯金になると二割も増えたと幸福に感じる。千万円の貯金のある人が八百万円の貯金になると二割も減ったと不幸に感じる。二割減ってもなお八百万円の貯金がある。百二十万円の貯金の人より幸福に感じてもいいようなものだが、実際は不幸に感じる。だからたくさんのものを持っている人は不幸になりやすい。なぜならその持っているたくさんのもののどれかを失うと不幸に感じるからである。大きな家、たくさんの高価な家具、たくさんの高価な機器、たくさんのブランド物の衣裳、たくさんの高価な宝石、たくさんの高価な自動車、高い地位、たくさんの収入、人々の敬愛とたくさんのものを持っている人は不幸になりやすい。なぜならそのどれかを失えば不幸になるからである。ものを持っていない人は幸福になりやすい。なぜなら少しのものを持てば幸福になるからである。

127　正しいことを言えば人が動くか

正しいことを言えば人が動くというものでない。その人を益することを言ってはじめて人は動く。

128　正しいとはどういうことか

正しいとは権力者に都合のいいことであり、正しくないとは権力者に都合の悪いことである。

129 達人の言葉と凡人の言葉の違い

達人の言葉と凡人の言葉の違いはその窓の数と大きさである。凡人の言葉には窓が一つしかない。しかもその窓が小さい。一条の光しか入ってこないような窓である。その一条の光で物を見ている。達人の言葉は窓がたくさんある。しかもその窓が大きい。多方面から物をはっきりと見ることができる。

130 達人の道を知ることがないようにするには

どんなにしばしば日本人と話をしても英語が上達することはない。英語を使うことがないからである。どんなにしばしば凡人と話をしても達人の道を知ることがない。達人の道を話すことがないからである。英語が上達しないようにしたければ日本人とばかり話をさせ、英語を使う人と話すことがないようにすればよいのである。達人の道を知ることがないようにしたければ凡人とばかり話をさせ、達人と話すことがないようにすればよいのである。

131　多欲がよくない理由

外物をほしがる欲は人間が生きるために必要なものである。外物なしには人間は生きることができない。しかし内に入れた外物は十分に消化吸収し自分のものとしてはじめて人間に役立つものとすることができる。外物を十分に消化吸収できなければ、その外物は人間に大きな害をもたらす。外物を取り入れることよりも、消化吸収することがずっと大事なのである。多欲であると外物をたくさん取り入れる。外物が多いためそれを十分に消化吸収できない。それで人間に大きな害をもたらす。

132　多欲の人は失敗する

人は利がなければ動かない。動かなければ失敗しない。静にして動かなければ自然に従うことになり天が味方するからである。だから人が失敗するのは必ずその人に利になる所である。多欲の人は失敗する。なぜならその人に利になることが多いからである。

133　短所はなおすべきか

人はそれぞれ短所があり短所はなおさなければならないと言われる。私はそうは思わない。短所をなおそうとせず、長所を伸ばすべきである。人間とは大きな短所があれば、それを補おうとして大きな長所ができる。もしその短所がなくなればそれに伴って発達した長所もなくなる。例えば盲人の人は耳が発達する。目が見えないという短所を補うために耳が鋭いという長所が発達したのである。目が見えるようになり、目が見えないという短所がなくなれば、それと同時に耳が鋭いという長所もなくなる。短所がなくなればそれとともに長所もなくなり、ごく一般の人間、つまり凡人になってしまう。

世の中には数学が得意な人もおれば、絵が得意な人もおれば、音楽が得意な人もいる。数学が得意で絵や音楽がまったく駄目な人は、短所の絵や音楽に時間をかけるよりも、得意な数学を伸ばすことに時間をかけるべきである。人間は社会生活をする。自分が得意な分野の仕事を担当し、苦手な分野は他の人がつくったものを利用する。だから人間は何かの一分野で優れておれば十分に生活していくことができる。ところがすべての分野で平均的な能力しかない人は社会生活が難しくなる。

経済学でノーベル賞をもらうと、その人は経済学では超一流である。ピアノがまったく弾けなくても、囲碁がまったくできなくても、野球がまったくできなくても、その得意な経済学という分野で超一流なのだからそれで十分に生きていくことができる。囲碁の名人となれば、囲碁の分野で超一流である。経済学をまったく知らなくても、ピアノがまったく弾けなくても、野球がまったくできなくても、その得意な囲碁という分野で超一流なのだからそれで十分に生きていくことができる。経済学も少し知っている、ピアノも少し弾ける、囲碁も少しできる、野球も少しできるという人は大きな短所がない。しかし大きな長所もない。それで社会の中で生きていくのが難しくなる。

上の人が人を取る時は、必ずその長所を取り、短所に目をつむる。短所がなくなれば、その長所もなくなると知るべきである。

134　単に言うだけではどうなるか

単に見たり聞いたりして感じたことを言うだけでは決してその理を知ることがない。理を知らないと物は決して動かない。

135　大企業の弱点

舟を呑み込むぐらいの大きな魚を呑舟《どんしゅう》の魚と言う。呑舟《どんしゅう》の魚の強さはその大きさである。大きいから舟でさえ呑み込んでしまう。しかしその大きさがまた弱点になる。呑舟《どんしゅう》の魚は小さな川に住むことができない。体が大きいから小さな川では泳ぐことができないからである。

大企業はこの呑舟《どんしゅう》の魚のようなものである。巨大な資本、多くの従業員、巨大な設備がその強さである。しかしこの巨大さがその弱点となる。大企業は小さな需要の分野には参入できない。売上が小さくその巨大な体を養うだけの利益をあげることができないからである。一人や家族だけでしている小さな企業は、自分や家族さえ養えばいいのだから、小さな市場で利益が少なくてもやっていける。

これが零細企業が生き残ることのできる市場である。

136　大事なのはものを見ることでない

大事なのはものを見ることでない。ものをつくることである。ものを見るのはものをつくるために必要だからである。ものを見て何もつくらなければものを見ることの意味がない。

137　大脳が力を発揮する時

大脳は自由に考える時にその力を発揮する。大脳の動きが固定してしまうとその力を失う。たくさんの知識を覚えることを勉強だと思っている人がいる。知識を覚えるだけでは、大脳はその覚えた知識に固定されてしまう。大脳は動きを失い、その力を発揮することができない。知識を自由に疑い、しばしばその誤りを指摘するようなら、大脳は動いている。大脳が自由に動くなら、大脳はその力を発揮する。

138　大脳の考えることに完成はない

大脳の考えることに完成はない。大脳は次々と新しいことを考える。だから以前に考えたことはどんどんと変わっていく。もし一年前と同じように考えているなら、この一年間大脳は自由に考えることがなかったのである。一年間自分の考えに固執して生活したか、人の考えや世の中の常識に固執して生活したのである。

139　知恵と能力を得るには

植物は確かに水がなければ育たない。しかし植物が大きくなるのは植物の内から出て来るものである。植物の内にあるものが外から与えた水を取り込んで大きくなるのである。どんなに外に水が豊富にあってもそれを取り込んで大きくなろうとする内の力がなければ大きくなることは決してない。早く大きくしようと植物を引っ張ったりすれば、かえって植物を傷め、枯れてしまうことさえある。植物を大きくしようとすれば外的環境を整え、植物が内から自ずと大きくなるのを待つより他ないのである。

これは人間の知恵や能力にも同じことが言える。人間が知恵や能力を得るのは人間の内から出て来るものである。どんなに外から知識や技能を与えても自分の心を用いて自分の内から自ずと得るのでなければそれを習得することがない。

外から知識や技能を取り込むことに汲々として内から自ずと起こるものを殺してしまうと、決して知恵や能力を得ることがない。知恵や能力を得る主体は自分の内から起こるものであり、外から来る知識や技能は単に補助に過ぎない。どんなに補助があっても主体がなければものを得ることは決してないのである。

140

知恵のある人の特徴は何か

知恵のある人の特徴は、自分は知らないことがたくさんあると思っていることである。

141

知恵を得るにはどうするか

知恵とは同じものを多方面から見ることである。目に入ってくるのは必ず一方面だけである。それをよく思うと別の面から見ることができる。それをさらによく思うとさらに別の面から見ることができる。知恵はよく思うことによって得ることができる。ただ見るだけではいつも一方面からのみ見ることになる。だから老子は言う。「五色人の目をして盲ならしむ。」

142　知識により行動するのは非常に危うい

行動する時知識により行動するのは、非常に危うい。知識とは単に一部を知っているのに過ぎないからである。自分の内からわき上がってくる、已むを得ざる力に従って動かなければならない。

143　智者と愚者の見分け方

その人が智者であるかどうかは、その人の知らないことに接した時の態度でわかる。智者はその知らないことをよく聞き、その新しい知識、知恵を取り入れようとする。愚者は新しいことを取り入れようとせず、自分の無知を隠し、その新しいことを非難したりする。

144　知者になるにはどうしたらよいか

知恵とは新しい外的知識ではない。今までの考え方の転換である。だから単に外的知識を増やすだけで自分の考え方の転換をしなればいつまでたっても知者になれない。老子が「知る者博《ひろ》からず、博《ひろ》きもの知らず」と言うのは、これを言ったのだろう。

知者と話をしている時、知識が増すというのでなく、今までわかったと思っていたことを疑うようになる。

145　知と能を得るにはどうするか

洪水に苦しむ者ついに治水の術を知るに至る。厳寒に苦しむ者ついに防寒の術を知るに至る。知るべし、知は艱難に生じ、能は辛酸に生じるを。

146　朝三暮四

世界には70億人の人がいると言われる（2011年世界人口白書）。ところが自分の周囲の人1人、2人にほめられると人間は有頂天になるのである。70億分の1、70億分の2に過ぎない人にほめられただけで有頂天になるのである。朝三暮四ということがある。朝に三、暮に四与えると人は不満に思うが、朝に四、暮に三与えると人は満足するというのである。これは時間の近い遠いについて言ったものだが、空間の近い遠いについても同じことが言える。人は自分に近い人によく言ってもらうと満足し、自分に遠い人に悪口を言われてもあまり気にしないのである。

147　治療が病気を起こす

今の医学の治療を見ていると、症状のために投薬をし、その投薬が他の症状を引き起こしていることが多い。

医者は専門が細かく分かれている。自分の専門領域内のみ考えて治療するから、その治療が他の領域での病気を引き起こす。

148　治療マニュアルによる治療で優れた治療ができるか

それぞれの病気に対して治療指針をつくり、そのマニュアルに従って治療をしようとする動きが盛んである。そのマニュアルに従って治療すればどこでも同じ治療が受けれるというわけである。

人間の構造は基本的には皆同じである。しかし個人差があり、同じ病原菌に犯されたとしても、その生ずる症状は異なってくる、違う症状を呈しているのに、原因となる外物が同じだからと言って同じ治療ができるだろうか。

また名医と言われる人はどこでも治せなかった病気を治す人である。凡医はその一面を見てありふれた治療をする。しかし名医は別の面も鋭く見て治療する。それで治るのである。

治療マニュアルに従った治療はありふれた治療である。ありふれた治療をするだけでは優れた治療はできない。

149 訂正できない形は必敗である

人間の大脳は必ず誤るものである。だから誤った時に容易に訂正できる形にしておくことが極めて大事である。訂正できない形はほぼ必敗である。三十五年ものローンを組んで家を購入することがある。一度ローンで家を買ってしまうと、途中で売却すると大きな損失が出る。だから売却することは極めて難しい。けれど家は買ってしまった後からいろいろと不備がわかるものである。家の間取りに不満が出ることもあるし、場所に不満が出ることもあるし、隣の人に不満が出ることもある。ローンで家を買うという形は容易に訂正できないから必ず失敗するのである。賃借にしておけば、不満が出た時に容易に契約を解除して引っ越すことができる。人間の大脳は必ず誤るものだから、誤った時に訂正できる形にしておかなければならないのである。

150 敵国に教育制度を任せると

甲国と乙国が戦争をしました。甲国は勇敢に戦い乙国に甚大な被害を与えました。ところが乙国の武器のほうが優れていたため、甲国はしだいに劣勢になり、その被害も大きなものになりました。その時乙国から甲国に使者が来て停戦の話を持って来ました。戦争の賠償金は一切取らない、領土の要求は一切しない、甲国の王、高官の処罰は一切しない、甲国の王家はそのまま存続することを認めるから停戦したいと言うのです。ただし一つ条件があります。甲国の教育制度を乙国の思うように変えることを許可してほしいと言うのです。甲国の王は臣下と協議しました。今の戦況は劣勢だ、このままではますます被害が大きくなる、首都が完全に占領されることも憂慮される、今のうちに停戦したほうがよいのでないか、停戦条件も教育制度を敵方に任せるだけだからたいした譲歩でないということになりました。甲国は教育制度を乙国に任せることを条件に停戦を受け入れたのです。

乙国は約束通り賠償金、領土の要求は一切せず、甲国の王、高官の処罰も一切せず、甲国の王家はそのまま存続させました。乙国は約束通り甲国の教育制度を変えました。戦争は非常によくないことだと子供に教えました。乙国の武力で守ってあげるから甲国は戦争をする必要がないと教えました。この子供達が大きくなった時、あえて乙国と戦争をしようとする人間は誰もいなくなりました。また自分の命を捨ててまで国のために戦おうとする者は誰もいなくなりました。当然軍隊は非常に弱くなりました。乙国は甲国から攻められる恐れがなくなりました。その兵力を他国との戦争に向けることができるようになったのです。

151
哲学は衣服のようなものである

哲学は衣服のようなものである。ある人にはそのサイズでぴったり合っている。ところが他の人が着るとそれはきつすぎたり、だぶだぶであったりする。たとえ他人のサイズにぴったり合うものであっても、自分のサイズに合うようにつくり変えなければ自分の役には立たない。

152
テレビが言う正しいこととは

テレビは情報を伝える。その情報が正しいかどうかを疑うことは少ない。多くの人と意見が同じならそれは正しいこととされる。

153
テレビは国民の洗脳に便利な道具である

テレビとインターネットの徹底的な違いはテレビは一方的に情報を送りこんで来るが、インターネットは何かの情報を得ようとして自分で調べることである。つまりテレビは受動的に情報を受けるだけだがインターネットは能動的に情報を得ようとしている。何かのことについての情報を得ようとする時、インターネットは役に立つがテレビはほとんど役に立たない。自分が得ようとしている情報に関係のないことまで勝手に送りこんでくるからである。

権力者が国民の洗脳に使おうとする時、テレビは便利な道具である。権力者に都合のよいことをテレビで一方的に流し続ければ、ものを深く考えない多数の人はそれを信じるようになり、多数の人がそのように思うようになると、多数の人がそのように思っているからということで、さらに多数の人々がそのように思うことになる。権力者は国民の洗脳に成功するのである。

一方インターネットは権力者が自分に都合のいいことを情報発信しても、閲覧者の検索にひっかからなければそのサイトが閲覧者の目にふれることはない。また完全なインターネットの統制ができていない限り権力者に都合の悪いことも検索でひっかかる。また文を読むから閲覧者は読むのをやめてそうだろうかと考えることができる。考えるから一方的な洗脳がしにくい。こういうことのためにインターネットでの洗脳はテレビでの洗脳よりはるかに難しい。

１９５６年の「戦時に一般住民の蒙る危険を制限するための規制案」では放送局を軍事目標として認めている。放送局は武器を持たない一般人が運営している施設である。それにもかかわらず軍事目標と認めざるを得ないほどテレビの国民洗脳能力は大きいのである。

154　テレビは人をどのような人間にするか

テレビで人はどのような人間になるだろうか。

1 多欲になる。
2 深く考えない人間になる。
3 人の人気を得るためや、人の注意を引くために動く人間になる。
4 目先の利害を考える人間になる。
5 我慢のできない人間になる。
6 ものごとを単純に考え、多方面から考えることができない人間になる。

155 テレビを見ることで真理を得るのは難しい

テレビを見ていてわからないということは少ない。もしすぐにわからないことを放映するとたいていの人は見なくなり視聴率が大きく落ちる。視聴率が大きく落ちるとスポンサーがつかないから民間局はやっていけない。ＮＨＫも多くの人に影響があることを狙っているから視聴率を重んじている。ＮＨＫでも視聴率が大きく落ちると番組担当者は非難される。視聴率を上げるには誰にでもわかるということが前提条件になる。ところが誰にでもわかることだけをしていると知力はつかない。数学の問題を解く時、一見してわかるやさしい問題だけを解いたのでは数学の力はつかない。最初はどうしてよいかわからなかったが、いろいろと考えてみて、あるいはいろいろと試行錯誤してはじめて解答に達すると数学の力がつく。数学だけでなく真理は一見してわからないものが多い。預言者の多くが迫害を受けたのは、一般人に預言者の言っている深い意味がわからなかったからである。テレビを見ることで真理を得るのは難しいのである。

156　投資で大事なこと

小さな金額が大きく増えることを人は好む。宝くじは単価100円～500円だが、それが1億円、2億円になることがある。人はこの莫大な金額の増加を見て宝くじを買うのである。しかし宝くじは当たる確率が非常に低い。確実性がないのである。投資で一番大事なのは確実性である。確実性がない宝くじは投資対象として不適である。毎月確実に1%利益を上げることができる能力を持っておれば、100万円投資すれば40年後に1億1864万7725円になる。次に大事なのは利益は少なくとも1%はあげることができる能力である。毎月確実に利益をあげることができても0・1%ならば、100万円を40年間投資しても161万5687円にしかならない。次に大事なのは投資できる額をできるだけ増やすことである。100万円でなく1000万円を投資し毎月1%増やしていくなら40年後には11億8647万7251円になる。1億円投資できて毎月1%ずつ増やしていくなら40年後に118億6477万2510円になる。ただし一つの籠に卵をすべて盛ることをしてはいけない。常に分散して投資する。

157 統治手段としての教育

家に軟禁され家から自由に出ることができないとこれは不当な人権の侵害だと言われる。人間は自由に行動できる権利を持っているからである。権力者は正当な理由なくして国民の行動の自由を制限できない。

その時の常識と言われる考えで行動することは、心が常識という家から出ないことである。これは心の行動範囲が常識の家に軟禁されているのと実際は同じである。しかしこれは誰も不当な人権侵害と言わない。心はこれを不当なことと思わず納得して常識という家の中に閉じこもっているからである。

国民を支配する一番確実な方法は国民が納得して権力者のさせたいようにすることである。これをするためには権力者の意向にそった教育を国民にすることが必要である。統治手段として国民の教育は非常に重要なものである。義務教育と言うと国家は無償で国民によいことをしてくれると人は思っている。しかし実際は権力者の意向にそって動くように国民を小さい時から洗脳しているのである。

158 得な交換

経済とは交換のことである。物と金、物と物、金と金、労働力と金の交換のことである。富を蓄えるには得な交換をしなければならない。得な交換とはどういうものだろうか。

価値が漸減する物を売り、価値が漸増する物を買う。
見ばえのよい物を売り、内容がよい物を買う。
多くの人がほしがる物を売り、多くの人がほしがらない物を買う。
保存しにくい物を売り、保存しやすい物を買う。
天に逆らってできた物を売り、天に従ってできた物を買う。

159　トップに必要な能力

組織のトップはどんな能力が一番必要なのだろうか。法律や経済の知識が豊富で法律や経済に通じていることだろうか。そうではない。その組織がつくっている製品の知識に詳しいことだろうか。そうではない。語学に堪能で何ヶ国語も話すことができることだろうか。そうではない。雑学の知識が広く詳しく、話題につきないことだろうか。そうではない。パソコンとプログラムに詳しくすばらしいプログラムを書くことだろうか。そうではない。弁舌が巧みで雄弁なことだろうか。そうではない。腕力が強く運動神経がよく、誰よりも喧嘩に強いことだろうか。そうではない。トップにとって一番大事な能力は、トップに媚びてくる多くの人から真に心からトップのために働いてくれる人を見抜き、真に能力のある人を見きわめる能力である。そのトップが重用している部下を見ればそのトップの実力がわかる。

160 トラブルの原因は何か

私の父は半年ほど前に亡くなったのですが、葬式などのごたごたが終わると次に大変なのが、土地の名義、口座の名義などを変えることです。口座の名義を変えるのは金融機関でそれぞれやり方が違い、いろんな書類を書かされます。通常同じ金融機関に相続人と被相続人の口座がある時、現金を介さずに被相続人の預金を相続人の口座に移すというやり方をします。ところが変わった金融機関があって故人の故をつけて故誰それという亡くなった人の名義の口座をつくれと言う金融機関がありました。新しい口座をつくるとなるとまた書く書類が増えます。そのようにしていると言うからやむをえずその書類をみな書いて父の名前の前に故をつけた口座をつくりました。するとかなり経ってその金融機関から電話がかかってきて、送った書類をみな読みましたかと言います。金融機関で口座を開くと小さい字でいっぱい書かれた規約書のようなものを渡されます。これを逐一みな読む人はむしろまれでしょう。またかなり時間が経っておりよく覚えていなかったから「まあね」という生返事をしました。すると「きちんと読んだんですか。きちんと読まなければお金は渡せません。」と横柄なことを言います。私はカチンときました。「私の口座があるのだから最初から故人の口座を開くようなことをせず、私の口座に移す簡単なやり方でよかったのじゃないですか。」と言うと、「被相続人の口座に移すにはさらに遺産分割協議書がいります。口座を解約して現金で受け取るなら遺産分割協議書はいりません。」と言います。解約することも私の口座に移すことも同じようなことなのに、一方だけ遺産分割協議書がいり、一方はいらないのは理屈に合わないことに思われます。その横柄な態度に腹を立てていた私はいちゃもんをつけました。「遺産分割協議書がいると言うなら、新しい口座をつくった時の契約書にそれを明記していなければならないはずだ。それがないなら遺産分割協議書は不要だ。それを明記してある書類を私に送ってくれ。」と言いました。結局そういう書類は私の所へ来ず、かわりに遺産分割協議書の書き方を書いたような書類が来ました。その後はその上司が代わりに対応し、同じ説明を繰り返すばかりで、結局私はその金融機関のすべての口座を解約してもう取引をやめました。

ここで大事なのは、私と対応した女性職員もその上司も私がなぜその金融機関との取引をやめたのかの理由をまだわかっていないことです。私は遺産分割協議書を提出するのが面倒だから取引をやめたのでなく、その女性職員の横柄なもの言いに腹を立てたからその金融機関との取引をやめたのです。ところがそのことに気づいていません。それでは将来また同じことをするでしょう。私のように取引をやめる人が十人、百人、千人、一万人と増えてきます。一万人の顧客がその金融機関から流出したらその金融機関にとって大きな痛手だろうと思います。

医療現場で考えてみても患者や患者の家族との関係は大事なものです。これでトラブり、うまく処理できないと訴訟となったり、もうこんな病院になんか来るもんかと思われ患者が来なくなります。この場合も医療技術の問題よりも、患者やその家族に横柄な態度で接するとか、不誠実な態度をとるとかで患者やその家族が怒る場合が多いと私は考えています。

また人間は失敗する動物ですから失敗するのは仕方ないことです。しかし患者やその家族とトラブった時、その原因を十分に究明して同じ失敗をしないようにしないと何回も同じ失敗をします。私に対応した女性職員のように少しトラブルになりかけると上司に丸投げして自分は知らんぷりではこれからも何回も同じことをやります。

この経験から私の学んだことは二つです。一つはトラブルはものの言い方などのささいな感情的なことから起こる、もう一つは失敗した時はその原因を究明しておかないとまた同じ失敗を何度も繰り返す、の二つです。

161　どういうことに投資すべきか

株式売買の時よく私の言った通り株が上がったとか、私の言った通り株が下がったとか言う人が多い。これは株式売買を知らない人の言である。いろんな要因と単なる偶然が重なり動く株式相場を百パーセント当てることは誰にもできない。ただし六割から八割の確率で株式相場の動きを読むことはできる。十回投資するなら、六回から八回当たり、四回から二回外れる確率である。外れた時は早めに損切りするからトータルで利益となるのである。

競馬やパチンコが当たる確率は低い。しかし一度当たると投資額が何倍にも、何百倍にもなるから、その味が忘れず人は投資する。しかしこれは投資を知らない人がすることである。投資は利益率が低くても当たる確率が高いものに投資すべきなのである。当たる確率さえ高ければ、利益率が低くても、大きな額を投資するとか、頻回に投資するとかにより大きな利益を得ることができる。

162　どういうものが善言か

自分に身近なことで自分が今まで正しいと信じてきたことの誤りを指摘されるようなもの、これが善言です。自分に遠いものは善言でありません。自分を改める必要のないものは善言でありません。

163　道徳とは

道徳とはその時の統治者が自分の統治に都合のよいことを意図的に流布させた生活基準である。

164　奴隷とは

ものに使われる人、これを奴隷と言う。金に使われる人は金の奴隷である。地位に使われる人は地位の奴隷である。評判に使われる人は評判の奴隷である。

165　なぜ貨幣経済になるか

たくさん魚を釣ってもそれをいつまでも取っておくことができない。時間が経てば必ず腐るからである。対処法は二つある。一つは冷凍保存や塩蔵をして長期間保存できるようにすることである。しかしこの方法だと当分冷凍保存や塩蔵した魚ばかりを食べなければならないことになる。たまには新鮮な魚も食べたいものである。第二は魚を売りさばいて金に換え金で保存することである。金は腐ることがない。必要なものがあるとその時金で物を購入できる。新鮮な魚が食べたければ自分が釣りに行かなくてもその金で購入することもできる。

売りさばいて金で保存するほうが便利である。それで貨幣経済が発達することになる。

166　なぜ失敗するのか

理を知らないで動く。だから失敗する。ただそれだけのことである。だから人を失敗させるには理でないことを理であると思わせればいいのである。人は驕ると自分の信じていることは真に理であるのかと自省しなくなる。それで理でないことを理と思い疑わない。それで失敗する。

167　なぜ食事を変えることで病気が治るか

ある薬を飲むと病気が治ったという記載が多い。薬だけで一時的に治るかもしれない。しかし根本的に治ることは考えにくい。病気はほとんどの場合、大脳の誤りから起こる。大脳の誤りを改めない限り病気が根本的に治ることはない。一時治ったように見えてもまた生じてくる。大脳の誤りを改めようとせずにただ外物の薬を飲んで治るということは通常はない。

食事を変えることで病気が治ると言うと、食事で病気が治るなら苦労はしない、高価な薬を飲んではじめて治るのだと言う人が少なくない。食事は大脳がつくる所が多い。米、野菜を栽培するのは大脳のすることである。米や野菜や肉を加工して食材をつくるのも大脳のすることである。食材を料理して食事をつくるのも大脳のすることである。食事には大脳が大きくかかわっている。大脳はミスをする。それで食事にはミスが出やすい。だから食事が病気の原因となりやすいのである。

168　なぜ時節を待つのか

乾燥した食材をそのまま包丁で切れば包丁の刃を損する。包丁の刃を損しないためにはどうすればよいのだろうか。乾燥した食材を水にひたして軟らかくなるのを待ってから切ればいいのである。時節を待って切れやすい所で切るのである。

169　なぜ政府は国民に土地と家を持たせようとするか

その国に土地と家を所有している人は、他の国が攻めて来て占領されると自分の家と土地を奪われる可能性が高い。それで自分の国を他国の占領から守ろうとする。他国が攻めて来ると自分の家と土地を守るために懸命に戦う。ところがその国に土地も家も持たない人は他国に占領されても失うものが少ない。異民族に支配されると軽んぜられるかもしれないが、前の支配者にも軽んぜられていた人は以前と同じであるだけである。むしろ今までの支配階級が追い出されると有能な人材が少なくなるから重んぜられるかもしれない。だからその国に土地も家も持たない者は他国の侵攻に懸命に戦おうとする動機に乏しい。命をかけてまで戦う必要はないと思う。

これが支配者が国民に自分の家を持ち、自分の土地を持つことを勧める理由である。国のために、つまり自分達の支配を維持するために国民を懸命に戦わせようとしているのである。

170　なぜ理に合わないことが世の中に満ち満ちてくるか

権力は強大な軍隊で敵を制圧することで得られる。強大な軍隊になるためには、上意下達で動く組織が必要である。一人の優秀な王と上意下達で盲目的に動く多くの人がいる組織は強い。こういう組織と比較的優秀な人がたくさんいて協議して動く組織が戦えば、まず前者のほうが勝つ。一人の王のもとにまとまりを持って動くからである。船頭が多くてまとまりのない組織は必ず敗れる。

一たび上意下達の強大な軍隊を持っている王が天下を取ると、下は王に見ならおうとし、王も下からちやほやされるから、自分の考えることが絶対に正しいかのように思ってしまう。その王が天下を取れたのは、組織がまとまっていたからであり、王の考えることがすべて理に合っていたからでない。理に合わないことを言っても下が上に媚びてその誤りを指摘しない。それで理に合わない言動が世の中に満ち満ちてものごとがうまくいかなくなってくる。

171　何が一番取りやすいか

取りやすいもの、確実に取れるものを取る。何が一番取りやすいか、本来自分にあるものである。

172　名を正す

私達は物に名をよくつける。Aという人はこういう人だ、Bという所はこういう所だと物に名をつけたがる。そしてA君は勝手な人だとか言うのである。「A君は勝手な人だ」というのは、A君に勝手な人という名をつけたのである。多くの人が「A君は勝手な人だ」と言うとA君は実際に勝手な人だと思ってしまう。しかし実際にA君とつき合うと、A君はまったく勝手な人でなく相手に非常に細かな気遣いをする人であることがわかったりする。名と実際が相違しているのである。物に誤った名をつけると、名が理に合っていないためその物が動かない。だから政治をする時まず何をするかと聞かれると、「名を正す」と孔子は答えている。名を正して物の理を得てはじめて政治は動くのである。

現代は昔に比べて、テレビ、新聞、雑誌、インターネットという知識の伝達手段が飛躍的に発達した。多くの物に多くの名をつけ、それがまたたく間に多くの人に伝わる。現代は物の多くの名があふれている。しかしその名が実際にあたっているか、理に合っているかと検討されることがあまりない。つまり名を正すことをしないのである。それで理に反している名がつけられていることが多い。理に合わない名に従えば当然失敗することになる。

173 二種類の学問

知識を増やそうとする学問と知っていることが正しいかどうかと考えて誤っているものを取り除こうとする学問がある。前者の学問ではその知っていると思っている知識の土台が崩れやすい。

174 二重盲検法の問題点

二重盲検法が成立するには、次のような前提条件が必要である。

1　病気は症状と体の組織学的、細胞学的変化によって定義づけられる。つまり体が常態からどのように変化しているかによって定義づけられる。この体の変化を常態に復せしめる単一成分（まれに複数成分のこともある）である薬品と言われる物質が存在する。

この前提は疑わしい。今使われている薬品は石油などからつくられた化学物質がほとんどである。石油のような異物が体の異常をもとにもどすとは考えにくい。人間にとってどうしても必要なものは近くにたくさんあり手に入りやすい。空気や水がそうである。石油は手に入りにくいものであり、それから化学物質をつくるには施設と知識を要するから、化学物質は極めて手に入りにくい。極めて手に入りにくいものが人間にとって必要であるとは思えない。

2　症状や体の変化は薬品を投与することによって変化する。この変化にかかわらず同じ薬品を投与し続けることによって体をもとの状態に復することができる。

これも疑わしい。漢方の治療をみると、同じ薬品を投与し続けることもあるが、状態が変わると薬も変えることが少なくない。単に同じ薬品を投与し続けることで治癒するのだろうか。

3　改善したことを示す客観的な評価尺度が存在する。

これは特に精神医学分野に於て疑わしい。精神症状の評価はかなりの主観が伴う。現在使われているBPRS PANSSのごときはかなりの主観が入る評価尺度である。

4　短期で改善すれば長期的に見ても改善する。

これも疑わしい。現代では、二重盲検法をする期間は長くても1年である。1年で改善しても10年のスパンで見るとかえって悪くなる可能性がある。苗を早く大きくしようとしてそれを引っ張ったがために枯らしてしまったという話が孟子にある。短期間に治そうと異物を体に入れて無理をすれば、長期的に見て害になることが少なくないと思われる。たばこも数ヶ月から1年の短期であれば、明らかに益がある。10年、20年のスパンで初めて害が出てくる。

5 個々の素質、体質、生活する気候風土にかかわらず、一つの病気に一つの薬品が効果がある。

今の薬品の二重盲検法は、一つの病気と一つの薬品を結びつけようとする。しかし素質、体質、気候風土も無視できないファクターである。

175 日米安全保障条約で日本を守ることができるか

朝鮮が日本に攻めて来たのは元寇を除けば一度もない。元寇の時は朝鮮は元の意向に従わざるを得なかったのである。朝鮮が日本の侵略を意図したわけでない。一方アメリカは事前警告もせずに日本に二回も原爆を投下した国である。歴史的に見れば朝鮮が日本に攻めて来て原爆を投下するよりもアメリカが日本に原爆を投下する可能性のほうが高い。そのアメリカが日本を守ってくれると多くの日本人が信じている。その根拠が日米安全保障条約である。これは笑うべきである。条約というのは、自国に都合が悪くなれば平然と破られてきたのは歴史が証明することである。平然と日ソ中立条約を破られ満州に侵攻された日本がなお他国との条約を信じる。これは笑うべきである。自国を守るのは他国との条約でない。智恵と仁政と賢人と武力である。

176　日本では当然と思う習慣も国が違えばありえない習慣になる

中国語を勉強すると、同じ漢字でも日本と中国では使い方が違うのに驚く。日本では当然と思う使い方をしなかったり、反対に日本では絶対に使わない使い方をする。これは習慣も同じだろう。日本では当然と思う習慣も国が違えばありえない習慣になる。

177　日本に核搭載ミサイルを配備する時である

北朝鮮が米国まで届くＩＣＢＭの完成に成功すれば米国にとって大きな脅威となる。北朝鮮が日本を核攻撃しても、米国は北朝鮮のＩＣＢＭによる反撃を恐れて北朝鮮を核攻撃しないかもしれない。北朝鮮は米国による反撃がないことを見越して日本に核攻撃してくるかもしれない。日本はこれを危惧している。だから日本は北朝鮮に最大限の圧力をかけてＩＣＢＭの成功を阻止しようとしている。しかし米国が北朝鮮を先制攻撃するようなことがあれば、北朝鮮は報復として日本を核攻撃する可能性が高い。日本が核攻撃される可能性は、北朝鮮がしかけるよりも米国がしかけて北朝鮮が報復として核攻撃する可能性のほうがはるかに高い。北朝鮮がＩＣＢＭを持つなら、米国に頼んで日本に核搭載のミサイルを配備すればいいのである。日本が核攻撃されれば直ちに核で反撃できる体制を整えておけば北朝鮮も容易に日本を核攻撃できない。

核搭載ミサイルの価値は持つことにある。決して使うことにない。使えば相手国も自国も大きな被害が出る。しかし持っておればそれは抑止力となり相手国は容易に攻撃できない。

178 日本に三度目の原爆が投下される危機

北朝鮮はミサイルや原爆を持っているとはいえ、その性能においてアメリカにかなり劣ることは誰にでもわかる。北朝鮮とアメリカが戦争となればアメリカが勝つだろうということは子供にもわかる。北朝鮮の首脳も子供程度の知能があればこのぐらいのことはわかる。だから北朝鮮から戦争をしかけることはない。自国が滅亡する戦争をあえてするはずがないからである。一方アメリカは北朝鮮が核とミサイルを完備すれば北朝鮮の存在を無視できなくなる。アメリカの意向通りにならないことがまた増える。これはアメリカにとって都合が悪いから、その前にたたいてしまおうという気持になる。それでアメリカが攻撃をしかける可能性がある。この可能性のほうが北朝鮮がしかける可能性よりずっと高い。

北朝鮮は日本まで届くスカッドC、スカッドER、ノドンを250基以上持っているとされる。アメリカが攻撃しても一瞬で北朝鮮のミサイルをすべて破壊してしまうことは不可能である。当然いくらかは破壊できないミサイルが残る。壊滅的な損害を受けた北朝鮮は残ったミサイルで反撃するだろう。その対象はアメリカ本土でない。アメリカ本土に届くＩＣＢＭはまだ完成していないようであり、たとえあったとしても飛行距離が長くその間に迎撃される可能性が高い。だからミサイルの対象は北朝鮮に近い日本になる。核を搭載する可能性が高い。アメリカが北朝鮮を攻めれば日本に3回目の原爆が投下されることが現実味を帯びてきている。日本のすべきことはアメリカと一緒になって北朝鮮に圧力をかけることでない。日本の承認なしに北朝鮮を攻めることがないようにアメリカに強く釘をさすことである。

179　日本の採用制度と日本の体質

日本は新卒を一括採用し一から教育育成するシステムをとる。欧米ではこういうシステムはほとんどないという。若者でもそれなりのスキルを持っていないと採用してくれない。日本の会社にしてみればよそでそれなりのスキルを身につけている者より一からその会社のやり方で純粋培養したほうが使いやすいということなのだろう。これは自分達のやり方で仲間をつくりたがり、異なるやり方に目を向けることをしない日本の体質を示している。

180　日本を簡単に確実に変える方法

多くの政治家が日本を変えると主張するが、誰がやっても日本はほとんど変わらない。ところが簡単に確実に日本を変える方法がある。選挙制度を変えることである。

現在の選挙制度は有権者一人に一票が与えられ、有権者は一番適当な人を一人選ぶ制度である。この制度だと有権者の誰もが二番目に適当と思う人は決して当選できない。二番目に適当とみんなが思っても有権者は一番適当と思う人に票を入れるのだから、二番目に適当な人は一票も入らない。二番目に適当と思う人、三番目に適当と思う人も当選できるように選挙制度を変えるのである。一人が当選する選挙区で有権者が順序をつけて三人選び、一位に3点、二位に2点、三位に1点をつけ、点数が一番多い人を当選にする制度にしてみるとどうなるだろうか。

単純にするために候補者がA、B、Cの3人だけだとする。この順位は6通り（3！＝6）ある。

A　B　C　　A　C　B

B　A　C　　B　C　A

C　A　B　　C　B　A

の6通りである。有権者が6人だけだとし、右記のように投票したとすると、

3点×2＋2点×2＋1点×2＝6＋4＋2＝12点

でA、B、Cすべてが12点になる。

ＡＢＣ　ＡＢＣ
ＣＢＡ　ＡＢＣ
ＢＣＡ　ＢＡＣ

と投票すると、得点はどうなるだろうか。

Ａ13点（3点×3＋2点×1＋1点×2＝9＋2＋2＝13点）
Ｂ14点（3点×2＋2点×4＋1点×0＝6＋8＝14点）
Ｃ9点（3点×1＋2点×1＋1点×4＝3＋2＋4＝9点）

Ｂが当選になる。一人に一票で選ぶ現在の制度だとＡが3票、Ｂが2票、Ｃが1票になりＡが当選になる。

この制度はボルダールールと言われる。

現在の選挙制度で当選するためには、絶対に自分に投票してくれる組織を持つ必要がある。だから当選してからも再選されるために自分を応援してくれる組織や人々に有利になる政治をしようとする。政治家は自分の支持団体の利益を優先し国や社会の利益は二の次になる。社会全体のことを考えて政治をしたりすると、支持者が離れてしまい次の選挙で落選するのである。ボルダールールを用いると、特定の団体の利益ばかりを考える政治家は、他の団体から嫌われ他の団体の票の順位を大きく落とすことになり落選する可能性が高い。ボルダールールを用いると社会全体に益を与える政治家が当選する確率が高くなる。

今度は候補者がA、B、C、D、Eの5人おり、この内から3人を順位をつけて選ぶとする。次のようになったとする。

A B D　B E D

A B C　A B E

C B D　A B C

A 12点（3点×4＝12点）

B 13点（3点×1＋2点×5＝3＋10＝13点）

C 5点（3点×1＋1点×2＝3＋2＝5点）

D 3点（1点×3＝3点）

E 3点（2点×1＋1点×1＝2＋1＝3点）

現在の選挙制度ならAは6人の有権者の4票を取り、Bが1票、Cが1票である。Aは2/3の得票であり圧勝である。ところがボルダールールですると、AはBに負けるのである。Bは一位は1票しかないが、二位が5票あり、誰からも一定の評価をされる候補者だから勝つのである。選挙制度を少し変えるだけで当選者は大きく変わるのである。

181　人間の最大の弱点

人間の最大の強みはその大脳である。ところが人間の最大の弱点もその大脳である。なぜなら人間の臓器で唯一誤ちをするのが大脳だからである。だから人間を倒すにはその大脳の弱点を利用するしかない。つまり理でないことを理であると大脳に信じこませるしかない。

182　人間は志以上のものになり得ない

エベレスト山に登ろうとしても登れなかった人はいくらでもいる。しかしエベレスト山に登ろうとせずにエベレスト山に登れた人は一人もいない。百メートル程度の丘に登ることのみを志せば、百メートル程度の丘に登っただけで一生は終わる。人間は志以上のものになり得ない。志大ならざるべからず。

183　人間は集団になると能力が向上しない

室温が5度の部屋と室温が19度の部屋では誰もが19度の部屋におろうと思う。19度のほうが体に快適であり過ごしやすいからである。だから室温が5度だと多くの人が暖房して室温を上げようとする。

しかし室温が5度の中に長くいると体はその寒い中で生き抜くために体を調節し適応しようとする。その結果寒さにも耐えうる体となる。長く19度の部屋にいる人よりはずっと寒さに強い体になる。体の能力を増すには体に不快なことを与える必要がある。その不快さに適応しようとして体の能力が増すのである。

これは心でも同じである。心は困難なことに直面して必死でいろいろと考え工夫することで能力が増大する。いつも順風満帆で心を苦しめることがないなら能力が増大することはない。

体を寒さに強くしようとして5度の部屋でも暖房しない人はいるだろう。しかしそういう人でも人が訪ねてきて談笑する時は部屋を暖房するだろう。自分は体を鍛えるためにあえて暖房していないが、こういう不快なことを客人に強いるのは失礼だと思うからである。また寒い所では話もはずまず楽しい時間になりにくい。

自分一人ではあえて不快なことをする人でも二人以上の集団になると快適なことをしようとするのである。これは心も同じである。自分一人では難しい本を読み、いろいろ考え、自分の能力を発達させようとする人でも、二人以上の集団になると、誰でもがわかるようなことをして人の心を苦しませないようにする。人間は集団になると、体も心も快適なことを求める。それで体も心もその能力が向上することがなくなるのである。

184　人間は小さな大宇宙

自分という人間は一つの大宇宙だと認識すべきである。自分は大宇宙と比べれば本当にわずかのわずかの存在である。その大きさでは比すべくもない。ところが自分を形造っている組織の霊妙不可思議さは大宇宙の霊妙不可思議さに決して劣らない。

185　値打のある能力とは

人間はいつも自分が持っていないものをほしがります。誰もが持っているものは需要が少ないのです。誰もが持っていないようなものは非常な需要を呼びます。それで非常な値打が出ます。これは人間の能力でも同じことです。値打のある能力とは誰もが持っていないような能力です。

186　伸びることを妨げるものは何か

苗が伸びようとする時、それを外からおおってしまえば決して伸びることはない。人が内から伸びようとする時それを外から入って来る刺激でおおってしまえば決して伸びることはない。

187 発熱は下げるべきか

体温を制御するのは脳幹（brain stem）の一部である視床下部（hypothalmus）である。視床下部が体温を現在より高い温度に設定すると　数時間で体温は設定温度になる。視床下部は皮膚の血管を収縮させて熱の放散を防ぎ、また熱を発生させることで体温を設定温度に上げる。視床下部が体温を現在より低い温度に設定すると、視床下部は皮膚の血管を拡張したり、汗を出したりして熱を放散させ体温を下げる。

細菌やウイルスという病原菌に感染した時に熱が出る。視床下部が体温を高く設定しているのである。「熱を上げろ」という視床下部の指示は感染時の対応として正しいのだろうか。

Pasteurella multocidaという細菌がある。グラム陰性球桿菌で人間では呼吸器感染症、創感染、髄膜炎、敗血症の原因となる。うさぎの血中にPasteurella multocidaを感染させ体温を変えてその増殖をみた実験がある。体温が平熱より4度高くなると血中のPasteurella multocidaの増殖は完全に止まった。熱が高いと細菌やウイルスは増殖しなくなる。細菌やウイルスという病原菌は熱に弱いのである。細菌の増殖を止めるのだから、熱は抗生物質と同じような効果があると言うべきである。

一方人間の体は熱が高いと抗体の産生が高まる、またサイトカインがたくさん出てTリンパ球を活性化したり、好中球やマクロファージによる細菌の呑食を活発化する。

つまり熱が高いと、細菌やウイルスの増殖は減少するが、細菌やウイルスをたたく抗体、好中球、リンパ球、マクロファージの機能は高まるのである。

細菌が人間の体に侵入すると、マクロファージやキラーリンパ球といういわば偵察隊がいち早く発見し、細菌を呑食する。そしてインターロイキンⅠ（interleukin Ⅰ）というサイトカインを放出する。インターロイキンⅠはプロスタグランジンE２（prostaglandin E2 略してPGE2とも書く）の産出を促す。プロスタグランジンE２は視床下部に働いて体温の設定温度を上げる。つまりマクロファージやキラーリンパ球がインターロイキンⅠ、プロスタグランジンE２で細菌が侵入しているという情報を視床下部に送っているのである。視床下部はその情報を受け、体温の設定温度を上げ、体温を上げろという指示を出すのである。その指示を受け皮膚の血管が収縮し熱の放散を防ぎ、また熱を発生させて体温が上がる。

人間は太古から病原菌と戦い地球上に生物として生き残ってきた。この戦いを指揮してきたのが脳幹であり、脳幹の一部である視床下部である。脳幹は太古からの数限りない戦いの中で、敵の弱点をよく知り、味方の長所もよく知るようになった。細菌、ウイルスという敵軍は熱に弱い。一方抗体、好中球、リンパ球、マクロファージという自軍の防衛軍は熱があるほうが、力を発揮する。このことを熟知している視床下部は病原菌侵入の情報を受けた時に「体温を上げろ」という指示を出し、敵の弱い熱い環境で敵軍を迎え撃とうとしているのである。熱い所で病原菌の増殖が鈍化している所を自軍の活性化した抗体、好中球、リンパ球、マクロファージで撃てば病原菌に勝ちやすいからである。

熱が高いとよく解熱剤が投与される。解熱剤にはNSAIDsと言われる薬品が使われることが多い。

NSAIDsはnonsteroid anti-inflammatory drugs（非ステロイド系抗炎症薬）の略である。NSAIDsにはアスピリン（一般名 aspirin）、ボルタレン（一般名 diclofenac sodium）、ロキソニン（一般名 loxoprofen）、ブルフェン（一般名 ibuprofen）、ハイペン（一般名 etodolac）など多数ある。プロスタグランジンはアラキドン酸（arachidonic acid）からシクロオキシゲナーゼ（cyclooxygenase）によりつくられる。NSAIDsはシクロオキシゲナーゼの働きを阻害する。それでプロスタグランジンの合成が妨げられる。プロスタグランジンの1つであるプロスタグランジンE2の合成も妨げられるのである。視床下部はプロスタグランジンE2により設定温度を上げているのだからプロスタグランジンE2の合成が妨げられると設定温度を上げることができなくなり、体温が下がるのである。

熱が出るとしんどいし、食欲はなくなる。発熱が続けば体力を消耗してしまうと大脳は判断し解熱剤を投与して熱を下げようとする。大脳のこの判断は病原菌との戦いにおいて正しいのだろうか。

人間も病原菌も同じ生物であるから住みやすい環境は原則として同じである。人間が快適な環境は病原菌にも快適な環境であるし、人間が不快な環境は病原菌にとっても不快な環境である。体温が上がった環境は人間にとって不快な環境であるが、これは病原菌にとっても不快な環境である。体温が上がっていない環境は人間にとって快適な環境であるが、これは病原菌にとっても快適な環境である。しかし同じ不快な環境でも生物による差異があり、ある生物には致命的なダメージを与えるが、ある生物にはダメージが少ないことがある。人間の平熱を37度として、4度上昇して41度になれば、人間は非常に不快を感じるが、臓器へのダメージはない。一方細菌は41度の環境では増殖ができなくなる。

発熱は人間に与えるダメージよりも、病原菌に与えるダメージのほうがずっと大きいのである。視床下部はこのことをよく知っているから、人間が不快になるのを知りながら、病原菌をたたくために体温を上げるということをあえてするのである。ところが大脳は熱を下げて不快感をなくすという目先の利にとらわれて解熱剤で熱を下げようとする。熱を下げれば、病原菌は増殖し、抗体、好中球、リンパ球、マクロファージの活性が落ち、病原菌との戦いで非常に不利になり、病原菌に負ける可能性が高くなるということを見ようとしない。人間の臓器で唯一間違いをする臓器は大脳である。ここでも大脳はまた間違った判断をしているのである。

医療の現場では氷で体を冷やすクーリングと言われるものが広くなされている。家庭では頭だけを冷やすことが多いが、病院では頭と左右腋窩を冷やす三点クーリング、頭と左右腋窩、左右鼠径部を冷やす五点クーリングもよくなされる。体を冷やせば熱が下がるのだろうか。体を冷やせば皮膚の血管は収縮する。また発汗しなくなる。熱が下がるのは皮膚の血管の拡張と発汗による放熱である。体を冷やせば皮膚の血管は拡張しなくなるし、発汗もしなくなる。これで熱が下がるはずがないのである。氷による冷却で皮膚の表面温度が下がったとしても、視床下部の設定温度は変わっていないのだから、体は視床下部の設定温度まで皮膚温を上げようとして熱を発生させることになる。理論的に考えてクーリングにより解熱するはずがないのである。クーリングの一番極端な形は氷水の中に裸で放りこむことである。体の冷却で熱が下がるとするなら、氷水の中に放り込めば熱が下がるはずである。ところがこういうことは誰もしない。実際高熱にうなされている我が子を裸にして氷水のなかに放り込む親は誰もいないだろう。クーリングという行為は、裸にして氷水のなかに放り込むという行為をマイルドな形でしているのと同じことである。全国の病院で発熱に対してクーリングがなされている。いかなる根拠でクーリングをしているのであろうか。

視床下部の設定温度まで容易に体温が上がらないほど強力にクーリングすると、体は設定温度まで何とか体温を上げようとして熱を発生させ続けることになる。熱を発生するには当然エネルギーが必要だから熱を発生し続けると体を消耗させることになる。高速道路を走るのに100km/時まで加速したらブレーキをかけて40km/時まで落とす。40km/時まで落ちたらまた100km/時まで加速する。こういう走行を繰り返すとたくさんのガソリンを消費する。100km/時まで加速したらブレーキをかけずにそのまま100km/時で走るほうがガソリンの消費ははるかに少ない。強力なクーリングを続けると、体温を上げようとしてかなりの熱を発生させることになり、これは高速道路を100km/時まで加速してはブレーキをかけて減速し、また100km/時まで加速するという走行をしているのと同じである。クーリングで熱を下げて体力の消耗を防ごうとしてかえって体力を消耗しているのである。発熱の時は十分にふとんをかけて暖めてやれば熱の発生が少なくて設定温度を維持できるから体力の消耗が少なくてすむ。

風邪の発熱に対する漢方薬に桂枝湯や葛根湯がある。エキス剤の場合、熱い湯にとかして飲ませないと効果が乏しい。桂枝湯や葛根湯は汗を出して熱を下げようとするが、冷たい水で飲ませたのでは汗が出にくいからである。

世間には熱を下げなければ人間の体に大きなダメージがあるという誤った常識がある。それで熱を下げない治療はしばしば大きな反発を招く。「熱でうなされているのにこの病院は熱も下げないのか。」と家族に怒鳴りこまれることもある。「あの医者は患者に熱が出ているのに解熱剤も使わなければクーリングもしない、放置しているだけだ。」と医療スタッフに不信感を持たれることもある。医療現場では38・5度以上の発熱に対しては解熱剤で熱を下げることが多い。「38・5度以上の発熱でロキソニン1錠投与」というような指示を前もって出しておく。すると患者が38・5度以上の熱を出した時は、看護師がロキソニン1錠を患者に飲ませて熱を下げる。もし発熱時の指示が前もってないのに患者が発熱すれば、看護師は深夜でも医者に電話をかけてきて指示をもらおうとする。38度ぐらいだと電話のないこともあるが、39度の発熱だとまず確実に電話がある。発熱ぐらいで夜中にしょっちゅう起こされてはたまったものでないので、私も「39度以上の発熱でロキソニン1錠投与」という指示を前もって出している。39度以上の発熱は比較的少ないから解熱剤を使われることも少ないだろうし、また39度以上の発熱で解熱剤を使わないと本人も家族も医療スタッフも納得しないことが多いからである。社会との調和をはかる指示である。

理論的に考えてあるいはエビデンスから考えて間違った治療であったとしても、社会から広く正しい治療と考えられていると、それに反する治療をすると社会から強い反感と非難を招くことがある。それで社会との調和をはかるために社会の常識にそった治療をすることを私は社会的治療と言っている。発熱も社会的治療をせざるを得ないのである。

クーリングに関しては、私は「クーリングは原則としてしない。ただし本人あるいは家族が強く希望すれば頭のみクーリング。」という指示を出している。頭寒足熱というぐらいだから頭は冷やしても一番害が少なく、また家庭では頭を冷やすのが一般的だからである。

孫子に次のような言葉がある。

「故曰知彼知己、百戦不殆、不知彼而知己、一勝一負、不知彼不知己、毎戦必敗。」

「故に曰く彼を知り己を知れば、百戦するとも殆《あやう》からず、彼を知らずして己を知れば 一勝一負す、彼を知らず、己を知らざれば戦うたびに必ず敗る。」

「だから次のように言うことができる。相手を知り己を知れば、百戦するとも危ういことはない。相手を知らないで己を知れば、一勝一負である。相手を知らず、己も知らざれば、戦うたびに必ず負ける。」

孫子は「彼を知り己を知れば、百戦するとも殆《あやう》からず」と言い、「彼を知り己を知れば、百戦百勝する」とは言っていない。これは孫子の意味の深い所である。勝は敵にある、つまり敵がミスをするから勝つことができる。ミスをしない敵には孫子の知謀を以てしても勝てないのである。だから「殆《あやう》からず」つまり「負けることはない」と言い、「勝つ」とは言わないのである。

脳幹の一部である視床下部は敵の病原菌の強い所、弱い所を知っている。また味方の抗体、好中球、リンパ球、マクロファージの強い所、弱い所も知っている。視床下部は彼を知り、己を知って軍を指揮しているのである。百戦しても負けない戦いをしている。大脳は敵の病原菌の強い所、弱い所を知らない。味方の抗体、好中球、リンパ球、マクロファージの強い所、弱い所も知らない。彼も知らなければ、己も知らない。これでは大脳は戦うたびに敗れる戦いをしている。病原菌に敗れて死に向かう戦いをしている。大脳は愚将と言うべきである。

188　引き際とは

巨人軍の江川卓投手が引退を言い出した時、王監督がまだ投げられると慰留すると、江川投手は「まだ投げられるが江川の投球ができなくなった」と言ったという。これは引き際の手本になると思う。現役の社長も老いてきて自分にふさわしい経営ができなくなった時、引くべきである。また自分よりはるかにうまく経営するだろうという人を見つけた時は引くべきである。

189　人が争って取ろうとするものは取らない

長く待たされたことを人は争って取ろうとする。争って一方向に動くから他方向ががら空きになる。だから人が争って取ろうとするものを取ろうとせず他方向のがら空きの所を取る。がら空きだから取りやすい。人と争わないから人に傷つけられることがない。

190

人と争わないためにはどうするか

人と争わないためには、朝に三、夕に四取るようにすればよいのである。たいていの人は朝に三、夕に五よりも朝に四、夕に三を好むものである。

191

人に怒られると気にするのに天に怒られても気にしない

人に怒られると気にするものである。平然としている人は少ない。しかし自然に反することをしても気にしない人が多い。自然に反することをするのは、天に逆らうことである。天に逆らえば天の怒りを受ける、天の怒りを受けても気にしないのである。人の怒りを受けると気にするのに天の怒りを受けても気にしないのである。小人《しょうじん》が天よりも上と言うのだろうか。

192

人の言うことは実際に起こったことでない

人の言うことは実際に起こったことではない。それはその人が頭の中で想像していることに過ぎない。小説やドラマの類と同じことである。実際に起こったこと、実際に起こることは理に則したことである。ものの理によって当然に起こるのである。いくら人の言を聞いても実際に起こることはわからない。人が頭の中で想像していることをいくらたくさん聞いても、ものの理はわからないのである。理を示していない単なる空想だからである。

193　人の行かない道を行く

ここにAとBという二人の人がいます。Aは人とワーワーやるのが好きで、たいていの人がするようなことをするため人にも好かれています。一方Bは偏屈な所があり、何でも自分が納得することでないとしません。AもBも専門は生物学で高校の教師をしています。Aの授業はわかりやすくユーモアにも富むため生徒の評判もよいです。一方Bの授業は独特な論理を展開することがあり、生徒もどういうことだろうかと首をかしげることがあります。Aは人づきあいもよく人と協調性がありますから校長、教頭にも気に入られており将来の校長の有力候補です。一方Bは人とつき合うよりも本を読むほうが好きで同僚とのつき合いも少ないです。校長、教頭とは話が合わないのか、あまり好かれていません。

学校の教職員で千メートル程度の山、P山に登ることになりました。みんなで登り始めたのですが、途中でBは私はこの道から登るからと細い道に行こうとします。おい、一人でそんな細い道を行って迷ったらどうするのだとみんなが注意したのですが、Bは大丈夫だからと言ってさっさと行ってしまいました。みんなが頂上に着き、持って来たビールを飲み楽しい時間を過ごしました。ところがBは一時間経っても、二時間経っても、三時間経っても着きません。みんなは迷ったのでないかと心配になり始めました。協議の結果後一時間待っても来ないなら捜索を要請することになりました。一時間を経てもBは来ず、捜索を要請しました。案の定Bは道に迷っており頂上からずいぶん離れた所をうろうろしているのが発見されました。Bは校長から厳しく叱責されました。他の教職員も、Bがあんな勝手なことをするからみんなに迷惑がかかったのだと厳しく非難しました。

次の年今度はやはり千メートル程度の山、Q山に教職員みんなで登ることになりました。するとBは新しく赴任して来た先生に私はこの細い道から行くからと言ってまた別の道から行ってしまいました。これが新しく赴任した先生でなかったら強く止めて行かせなかったのでしょうが、新しい先生だから前年に起こったことを知りませんでした。それに気づいて先生が数人後を追ったのですが、すでにBは見えず、このまま細い道を行くのは危険だとのことでそれ以上追いませんでした。この時もBは何時間待っても頂上に来ず、またしても捜索を依頼しました。Bは崖から落ち足の骨を折って動けなくなっているのが発見されました。二度までも人の忠告を聞かず、人に甚大な迷惑をかけたため非難囂囂《ごうごう》です。この態度は教師として不適格だ、生徒への悪影響も考えられる、担任をはずすべきだというのが大半の意見でした。Bは学年の途中で担任をはずされ、代わりに新任の先生が担任となりました。

次の年、千メートル程度の山、R山に登ることになりました。今度はBは一番最後を歩いており、しだいに遅れてみんなが気がついた時はもうまったく姿が見えませんでした。またみんなと違う道を行ったのです。しかし今度は1時間ほど遅れてBは頂上に着きました。頂上に着いても、また前のようなことがあったらどうするのだとみんなから厳しく非難されました。

それからしばらくしてBが植物の新種を発見したと生物学の権威ある専門雑誌に大きくのりました。このことは全国紙やテレビでも大きく取り上げられ、Bの名は一躍知られるようになりました。Bの話によるとR山に教職員とともに登った時に発見したのです。この時Bは人が行かないような道を通って行きました。この新しい品種は人がほとんど行かない道に生えていたから今まで発見されなかったのです。

人と同じ道を行くのは安全で楽ですが発見することは少ないのです。人が行かない道を行けばいろいろと失敗もしますが、大きな発見をすることがあります。あえて人の行かない道を行かない限り大きな発見はありません。

194　人の中傷に対する最善の対応

実際と違う悪口を言われたり、能力を過小評価され馬鹿にされたりすると、怒って相手の悪口を言って言い返す人が多い。これはよい対応でない。

相手はこちらを実際と違うように考え、実際よりも過小評価している。これはものの理を知らないのである。ものの理を知らないとものは動かない。相手の中傷や過小評価をにこにこしながら聞くと、相手は自分は正しいことを言っているのだと思いこみ反省することがない。自分の言うことをにこにこしながら聞いてくれたから、他の人も同じように聞いてくれると思い、他の人もまた中傷したり過小評価したりする。それで他の人は怒りその人を害することになる。ものの理を知らないから人は動かず、人を害したから人に害されるのである。こちらが相手の中傷や過小評価で怒り、相手の悪口を言って言い返せば害された相手はさらにこちらを害そうとする。それでは大きな害がこちらに及ぶ。相手の中傷、過小評価をにこにこして聞けば相手はそれ以上こちらを害そうとしない。他人にも同じことをして他人に害されることになる。にこにこしながら聞けばこちらはそれ以上害されることはなく、相手はそれ以上に害されるのである。これが確実に相手を害する方法である。

また相手はこちらを実際と違うように考え実際よりも過小評価している。相手はこちらを知らないのである。兵法では敵を知らずして勝つことは難しい。相手がこちらを知らない以上相手に大きく負けることはない。

195　人はどのように使うか

金づちは錐のようにものに穴をあけることができない。のこぎりのようにものを切ることができない。穴をあけることができない、ものを切ることができない形だからこそ金づちとしての働きができるのである。

人を使うことのできない人は、金づちの人材を穴をあけることができない、切ることができないと咎める。錐の人材を打つことができない、切ることができないと咎める。のこぎりの人材を打つことができない、穴をあけることができないと咎める。人を使うことのできる人は、金づちを打つことに使い、穴をあけることができないと咎めない。錐を穴をあけることに使い、打つことができない、切ることができないと咎めない。のこぎりを切ることに使い、打つことができない、穴をあけることができないと咎めない。

人材の長所は短所の裏返しでもある。人を使うには長所を用いて短所を咎めない。

196 ─人をほめることは多数をけなすことと同じである

価値というのは相対的なものである。テニスがうまいというのは他の多くの人と比較してそれよりうまいということである。もし他の人もその人と同じくらいうまいならその人は決してテニスがうまいとは言われない。勉強ができるというのは他の多くの人と比較してそれよりよくできるということである。もし他の人もその人と同じくらい勉強ができるならその人は決して勉強ができるとは言われない。出世したというのは他の多くの人と比較してそれより出世したということである。もし他の人もその人と同じくらい出世しているならその人は決して出世したとは言われない。金持であるというのは他の多くの人と比較してそれより金持であるということである。もし他の人もその人と同じくらい金持ならその人は決して金持であるとは言われない。指導力があるというのは他の多くの人と比較してそれより指導力があるということである。もし他の多くの人もその人と同じくらい指導力があるならその人は決して指導力があるとは言われない。人に好かれているというのは他の多くの人と比較してそれより好かれているということである。もし他の多くの人もその人と同じくらい好かれているならその人は決して好かれているとは言われない。テニスが上手な人が存在するためにはその人より下手な人が多数いなければならない。勉強ができる人が存在するためにはその人ほど勉強のできない人が多数いなければならない。出世した人が存在するためにはその人ほど出世していない人が多数いなければならない。金持の人が存在するためにはその人ほど金持でない人が多数いなければならない。指導力のある人が存在するためにはその人ほど指導力のない人が多数いなければならない。人に好かれている人が存在するためにはその人ほど人に好かれていない人が多数いなければならない。

だからある人をテニスがうまいとほめることは他の多くの人はテニスが下手だとけなすことと同じである。ある人を勉強ができるとほめることは他の多くの人は勉強ができないとけなすことと同じである。ある人を出世したとほめることは他の多くの人は出世していないとけなすことと同じである。ある人を金持だとほめることは他の多くの人は金持でないとけなすことと同じである。ある人を指導力があるとほめることは他の多くの人は指導力がないとけなすことと同じである。ある人を好かれているとほめることは他の多くの人は好かれていないとけなすことと同じである。

つまり一人をほめることは多数をけなすことと同じである。一人を益して多数を害しているのである。

197　人を無知にする一番よい方法

人を無知にする一番よい方法はその人にたくさんの情報を与えることである。決して情報を与えないことでない。たくさんの情報に接して深く考えなければその人は確実に無知になる。現代人は常にたくさんの情報に接している。それがために情報の少なかった古代の人より確実に無知になっている。

198　人を模倣し人から盗作した人生

自分が人と同じであることで自分を正当化する人がいる。人と同じであるということは、その人の独自性もオリジナリティもないということである。その人の人生は人を模倣し、人から盗作したものに過ぎない。

199　評価財産は単なる幻想か

財産というと取得した金額で言う取得財産か現在の市場評価で言う評価財産を言うことが多い。私は両方ともあまり重んじない。その財産がどれだけの利益を生んでいるかを示す果実財産を重んじる。以前は取得財産を財産とする傾向があったが、市場評価の財産を真の財産としようとする世の流れになってきている。しかし私は市場評価は真の財産を表すとは思っていない。私が千万円で取得した土地を市場が二千万円と評価してくれても私は二千万円の財産を持っていることにはならない。なぜなら売ろうとしても売れるとは限らないし、売れても税金や仲介手数料を取られるから手元に二千万円が残るわけではないからである。また市場がどのように評価しようが、私に売るつもりがなければ評価など私に何の関係もないことだからである。私がこの土地を誰かに貸して年に十万円の賃料を得るとするとこの十万円から固定資産税などを引いた額がこの土地の果実財産となる。誰にも貸さず、作物もつくらず、ただ持っているだけでは、固定資産税を取られるだけだから、果実財産はマイナスとなる。つまりこの土地は財産でなく、毎年固定資産税を払わなければならない負債であるということになる。もし、もっとよく捜して二十万円の賃料を払ってくれる人を見つけるなら、この土地の果実財産は倍になる。毎年固定資産税を払うだけと二十万円近くの収入が入るのとでは大きな差があるだろう。果実財産が私の生活に一番影響があるのである。また常に最悪のことを考えておかなければならないから、評価価格が二千万円でもいつか評価がゼロとなるかもしれない。単に世間の人がそれだけの価値があると思っているだけで、実際に千万円、二千万円のお金が入ってくるわけでない。つまり千万円、二千万円という金額は一種の幻想である。幻想である以上評価金額ゼロと考えておくのである。ところが毎年入ってくる十万円、二十万円という賃料、出ていく固定資産税は現実に存在しているのであり、単なる幻想ではない。これは確かなる実在だから確かなる財産と考えなければならない。これが私が果実財産を重んじる理由である。

200　病気を早く治して失うもの

薬を使えば病気は早く治ると言われる。タミフルは、使えば発熱期間が短くなり早く治るとのことで使われてきた。ただし最近はその効果が疑問視されているが。大家が一年かけて描いた絵と一日で描いてしまった絵とではどちらが優れるだろうか。当然一年かけて描いたほうである。大家であっても時間をかけてじっくりと描かなければよいものはできないのである。病気も同じである。時間をかけて治したのと急いで治したのではどちらがよく治るだろうか。当然時間をかけて治したほうである。薬で早く治したほうがよいと言うが、早く治せば粗雑に治している。その粗雑な治し方が後に災いをもたらす。十分に時間をかけて治せば完璧に治る。後で災いをもたらさない。

201　不幸と病気の原因

不幸と病気はほとんど外から来る。内から起こるものは少ない。

202　不幸への道は何で満ちているか

不幸への道は人の善意で満ちている。

203　不動産は投資対象とすべきでない

個人が株式の売買をする時、一度に三千万円もの額を買うのはリスクが高すぎる。三千万円分買うつもりでも分散して買うのが普通である。一度に三千万円もの株式を信用買いするとなるとリスクはさらに高くなる。正常な人間のすることでない。

ところが不動産となると、三千万円もの物件を平気で買う。しかも自己資金のみで買うのでなくローンを組んで買う。これは三千万円もの株式を信用買いしたのと同じことである。こういう狂人じみたことを多数の人がしている。土地は絶対に上がるという狂信じみた信念を持っているのか、持ち家に異常な執着心を持っているのかだろう。

不動産は投資対象とすべきでない。次のような理由による。なおここで言う不動産とはＥＴＦによる不動産投資は含まない。

一　売買単価が大きすぎる。相場はよく間違えるものであり、思惑に反して下がることも多い。売買単価が大きいためにかなり下がったとしてもまた買うことが困難である。

二　売買にかかる税金が高すぎる。
三　土地の値段は相対《あいたい》交渉で決まるのが普通であり、参加者が少ないから値段のブレが大きくなる。
四　家屋の耐用年数は二十～三十年になっており、年とともに価値がなくなっていく。歳月を味方にできないような投資に勝ち目はない。
五　不動産は登記、担保等法律関係が複雑である。
六　不動産は登記する必要があるため、資産が国家権力に知られてしまう。それで資産を国家権力から身を守るために使いにくい。
七　不動産は動かすことができないためにその土地に縛られる。原子力事故が自分の住んでいる近くで起こった時も、金で財産を持っておればその土地から離れればすむことだが、不動産で持っているとその土地から離れにくい。
八　市場規模が小さく、売買単価が大きいために下がることを予見しても迅速に売ることができない。
九　地震による被害を受けた時に保険金がおりないことが多く大きな被害となる。
十　不動産の財産は税務署に百％把握される。それで不動産が多ければ金持ちと見なされ税金の査定が厳しくなる。
十一　不動産には固定資産税がかかり、家屋には維持修繕費もかかる。たとえ額が小さくても確実な出費になる。
十二　豪邸に住んでいると乗用車もそれに相応したものを買いたがり、衣服もそれに相応したものを買いたがる。寄付をする時も賃貸に住んでいる人よりたくさんしたがる。それで生活費が確実に上がる。

204　武器を取る

武器を取るとは「私は相手を殺す意思があります」と意思表示することである。この意思表示がなされると、相手方がその人を殺すことも正当化される。相手方は自分が殺されそうになったから、反撃してその人を殺しただけであり正当防衛が成立するからである。つまり武器を取るとは「自分が殺され傷つけられることを承諾するから、相手を殺したり傷つけたりします」という意思表示である。武器を取れば自分が殺され傷つけられることも承諾しているとみなされるのである。

このように言うと次のような反論があるだろう。「武器を取るのは、武器を持っている相手から自分を守るためである。相手が自分を攻撃しようとしない限り武器を使うことはない。」しかしどちらが先に攻撃しようとしたか、容易に判別できない。攻撃する意図がなくても銃の上に手を置けば銃を撃とうとしたと相手が取ることもある。また単なるもの音を相手が攻撃してきたと勘違いし武器を使うこともある。この場合は双方が相手が先に攻撃したと言うだろう。また謀略で以って相手にしかけさせ、相手が先に攻撃したと言う者もいる。また相手が攻撃していないのに、攻撃したと嘘をつき、武器を使う者もいる。「相手が先に攻撃した時の防衛のために武器を持つ」ということはどちらが先にしかけたか判然としないために、武器を取る単なる言い訳になってしまう。それで武器を取った者は、すべて「私は相手を殺す意思があります」と意思表示したとみなすのである。軍隊の兵士は皆武器を持って戦うのだから、敵方に殺傷されても、これは敵方の正当防衛であり、正当なことである。また自分が殺傷されることはすでに承諾しているのだから殺傷されても文句は言えないのである。ただ兵士は国家や組織の長の強権によって無理やり武器を持たせられている者も少なくないから、そういう兵士が殺傷されると国家や組織の長は手厚く報わなければならない。

205　部分だけを見ていては部分も見ることができない

無知の知ということを人はまったく忘れてしまっているようである。専門家は狭い自分の専門知識だけが絶対のように思い、知識に従って行動する。部分だけを見ていては全体を見ることができない。また部分だけを見ていては部分も見ることができない。日本だけを見ていては世界を見ることができないし、日本だけを見ていては世界と比較できないから、日本も見ることができないようなものである。

206 武力による支配は心を従わせることができない

武力で他国を従わせ他人を従わせることはできる。誰も命がほしいから命が危ないとなればその武力に従うのである。しかし武力で他国の心を従わせ他人の心を従わせることはできない。武力による支配は表面的に従っているだけで心の中では従っていない。だから武力により支配している者を倒そうといろいろ画策され、ひとたびその武力が衰えばたちまち反旗があがる。

207 プログラムをつくるプログラムをつくる

プログラムを書いた時はこれで間違いなく動くと思っている。しかし実際に動かしてみると、まったく動かなかったり予期しない動きが出たりすることが多い。ミスを探して修正しまた実際に動かしてみてきちんと動くのを確認してはじめてプログラムができる。しかしこれは一般的場合にきちんと動くというだけである。千回に一回、一万回に一回、十万回に一回、百万回に一回出てくるようなまれな場合にきちんと動くかが検証されていない。実際にそういうまれな場合が起こるとプログラムが止まってしまったり、予期しない動きをすることがある。プログラムを書く時は勿論起こるであろうあらゆるまれな場合を想定して書いているのだが、こういうまれな場合は想定からはずれてしまうことがある。それでそのプログラムを運用していて実際にそういうまれな場合が起こった時に大きなトラブルとなる。

プログラムを長く運用していると、最初に予期していなかったトラブルが出てくる。その度にプログラムを修正しプログラムがよくなっていく。だから長く運用してトラブルなく動いているプログラムは貴重である。長く使えば使うほどまれに出てくる場合もすべて出てくるから、どんな場合でもそのプログラムがきちんと動くことが実証されている。

プログラムを書く時まったくのゼロから書くと、そのプログラムはまれな場合にうまく動くかどうかが検証されていない。それで大きなトラブルとなる可能性が高い。長年使っていて問題のないプログラムをコピーしてそのプログラムの上に新しいことにも対応できるようにプログラムをつけ加えたり、書き換えたりする。するとコピーした部分は長年使って問題がないからまずトラブルは起こらない。トラブルが起こるとすれば、新しくつけ加えたり、書き換えたりした部分である。トラブルが起こっても、一部の部分だけだから、トラブルの起こる確率がかなり低くなる。またトラブルが起こった時、新しくつけ加えたり、書き換えたりした部分を検証すればいいのだから検証が容易である。

問題なく動いているプログラムはいつでも呼び出してコピーできるようにしておくことがプログラムを書く上で大事である。またいくらかの条件を与えてその条件下でプログラムをつくるプログラムをつくっておくことも大事である。プログラムをつくるプログラムでつくったプログラムを運用していてトラブルが出てくれば、その度にプロフラムをつくるプログラムを修正する。条件を変えればいろんなプログラムができるから、いろんなプログラムでそのプログラムをつくるプログラムを検証することになる。検証するプログラムが多いから、まれに出てくる場合も比較的早く出てくる。まれな場合にも対応できるようにそのプログラムをつくるプログラムを修正するから、プログラムをつくるプログラムでつくったそのプログラムはトラブルが少なくなる。

208　法に従ってする、規則に従ってする

フィリピンのマラパスクア島とマヤの間は小さな船でつないでいる。マヤからマラパスクア島へ行った時の船の料金は100ペソ（1ペソはその時のレートで約2・2円なので、220円）であった。まあまあの乗客が乗っていた。マラパスクア島に1週間ほど滞在した後に船でマヤまで渡ろうとした時のことである。料金を聞くとやはり100ペソと言う。次に出るのは午前8時とのことでまだ30分ぐらいある。少し海岸でも散歩しようかと思って行き始めると坐って待ってくれと言う。少しよもやまの話をして待っていた。最初は私一人かと思ったが、後で中国人が一人と西洋人が二人来た。乗客は四人のようである。すると乗客が少ないから200ペソもらうと言い出した。西洋人の二人はそれで納得したと言う。中国人は200ペソと言われて素直に200ペソ払った。私は料金は100ペソなのだから乗客が少ないからと言って倍にするのはおかしいと抗議したが、「それなら次の便で行ってくれ」と言って受け入れない。日本ではこれはけしからんことである。乗客が少ないからと言って決められた料金を変更するなどはしてはいけないことである。

しかしマヤへ行く船に揺られている間にこれは案外合理的なことなのかもしれないと思い始めた。この船を操縦している人は、この船を就航させている船舶会社の社員という形ではないようだ。船も自分のものであり、乗客からもらったお金を収入としているようで、会社から給料をもらっている会社員ではないようだ。四人分400ペソで船を動かしたのでは燃料代も取れないと考えて値上げしてきたのだろう。しかも相手は金を持っている外国人だ、日本円で220円ほどたくさん要求しても問題ないとも思っているのだろう。

一方日本人は法や規則で規定されるとそれをその通りに実行しようとする。状況に応じて柔軟に変更させることをしない。それでは時代遅れの規則をそのままあてはめようとしたり、その土地の実情に合わないのにそのままあてはめようとすることをしてしまう。だからずいぶんと不合理なことが出て来る。規則があっても、その時の状況に応じその時の状況に合うように柔軟に変更するフィリピン流のやり方がよいのでないかと思い始めた。

労働安全衛生法に40歳以上の会社員は年に一度、それ以下の年齢の人は5年に一度胸部X線検査を受けることが義務づけられている。しかし結核であれば何らかの症状があるはずであり、症状が出てから検査しても十分に間に合うと思う。何の症状もない人にX線検査をして発見する確率がどのくらいあるのだろうかと思う。『EBM健康診断』矢野栄二他著　医学書院　によると、胸部X線検査で結核を発見する確率はわずか0・0069%とする。肺癌の早期発見に役立つなどと言う人もいるが、肺癌の早期発見は胸部CT検査でも難しく、胸部X線検査で肺癌が早期発見できるなどと言うのはとんでもないと思う。WHO（世界保健機関）は約40年前から「X線の集団検診は発見率が非常に低く無効である」と中止を勧告している。これだけ疑わしい検査だから労働安全衛生法に規定されていても、それをそのまま適用するのでなく、フィリピン流に実情に合うように柔軟に適用すべきだと思う。

職場健診の胸部X線検査を被爆が心配だと拒否した中学校の教師がいた。学校側はこの教師に減給懲戒処分を課した。この教師は不当だと訴え裁判になり、地裁は減給処分は不当との判決であったが、高裁、最高裁では減給処分は妥当と判決している。WHOが中止を勧告した胸部X線検査を受けることを拒否したがために、減給懲戒処分を課す。これは法律をそのまま適用し、状況に応じた柔軟な適用ができていない。それがためにX線照射を拒否する人に無理矢理X線照射をするようなことをしている。食べたくないと言う人をしばりつけ無理矢理食べさせているようなものである。人間を人間とも思わぬ行為をやっている。こういう野蛮な行為を一国の最高裁判所が妥当と判断する。その良識を疑う。

日本人は「法に従ってした」「規則に従ってした」と言われるとそれで正しいことをしたように思ってしまう。しかし法自体が間違っているのでないか、規則自体が間違っているのでないかと思ってみないのである。

フィリピンのセブシティからマクタン島のホテルまでのタクシーをさがした時のことである。フィリピンのタクシーは高値をふっかけてくると評判が悪い。メーターを使おうとしないタクシーも多い。メーターだとわざと遠回りすることもできるし降りる時まで料金が確定しないから私は好きでなく、乗る前に料金交渉することにしていた。相場がわからないと料金交渉できないから、Google Mapで今いる所から目的地までのキロメートルを出し、http://kiboinc.com/Philippine_Taxi.html のサイトでメーター料金を計算した。この相場を知って料金交渉するのである。この時私の行きたいホテルまで15・7㎞ありメーター料金は218・5ペソと出た。タクシーを止め、ホテルの名と住所を示しどのくらいの料金になるかと聞いた。700ペソと言う。かなり高く言う。私が200ペソぐらいじゃないかと言うと500ペソでどうだと下げてくる。私が難色を示すとそのタクシーは去って行った。また別のタクシーを止めて聞くと400ペソと言う。私が200ペソぐらいじゃないかと言うと、300ペソで行くと言う。私はこのタクシーに乗り300ペソ払った。たくさんタクシーにあたればもっと安いタクシーもあるだろうが、チップと思って81・5ペソ高を許容した。日本円で179円ほどである。179円のためにたくさんのタクシーにあたる手間をかける値打はないと思ったのである。メーターで218・5ペソの所を最初のタクシーは700ペソと言ってきた。ずいぶんとぼったくりだと日本の人は言うかもしれない。

日本で同じ15・7㎞を行くとタクシー料金はいくらになるだろうか。https://www.navitime.co.jp/taxi/で計算すると、5290円と出る。日本の物価とフィリピンの物価がどのくらい違うのかはっきりとしたことはわからない。ものにより高いものと安いものがある。感じとしてフィリピンの物価は日本の物価の1/2から1/3ぐらいだろうか。仮に日本の1/3としてみよう。700ペソの高値を言ってきた最初のタクシーは1ペソ＝2・2円で換算すると、1540円、3倍して日本の物価になおすと

4620円である。4620円はぼったくりだと言うが日本のタクシー5290円よりまだ安いのである。私が実際に払った300ペソは1ペソ＝2・2円で換算すると、660円、3倍して日本の物価になおすと1980円である。日本のタクシーはフィリピンのタクシーの2・7倍も取っている。これではタクシー料金のぼったくりは日本のほうでないのか。しかし日本ではタクシー料金をぼったくられたということは誰も言わない。日本のタクシーは皆メーターを使い、決められた通りの料金を請求してくる。フィリピンのようにタクシーによって料金が極端に違ったり、交渉によって料金が下がることもない。日本のタクシーは確かに決められた通りのことをしているのだ。ところがその決められた料金自体が間違っているのでないかと日本人は疑わないようだ。

ウーバーというものがアメリカやマレーシアで普及している。スマートフォンの位置情報を利用した配車サービスである。私はマレーシアにいた時に使ったことがある。ウーバーのアプリを開き行きたいところを入力する。すると近くにいるウーバーに登録しているドライバーから料金の提示、何分ぐらいで行けるという提示がある。いくらか提示があるから一番適当と思うものを選び依頼する。するとこちらの位置情報を手がかりに迎えに来てくれる。料金は行き先に着いた時に現金で払う。誰でも安い所を選ぼうとするから競争が起こり料金が安くなる。またドライバーの評価もあるから、評判の悪いドライバーは依頼されなくなる。一般の人が車のあいている時にアルバイト感覚でタクシーの仕事ができる。ウーバーの普及はアメリカのタクシー業界に大きな打撃を与えた。日本でもウーバーが普及すればタクシー料金が安くなるのは確実である。

日本のタクシーは確かに決められた通りのことをやっている。しかし決められたこと自体が間違っているということもまた考えるべきである。決められたことであってもそれを絶対視せず時の状況により柔軟に運用するというフィリピン流は私達日本人は学ぶ所が多い。

209　法律に従えば正しいか

失敗はほとんど自分の内にある自然に従わずに大脳のつくった常識、法律、道徳に従うことから生じます。唯一の間違いをする臓器である大脳のつくったものを自らの大脳で徹底的に検証することなく盲目的に従うから大きな失敗となるのです。

社会体制は、対立するいくらかの組織が戦争をし他の組織の人間を殲滅《せんめつ》して勝ち残った者がつくったものです。勝った者の支配を正当化するためにつくられているのが法律です。だから法律に従っているから正しいことをしているとは言えないのです。法律に従っているとは、支配者に貢献しているということです。法律に従えば失敗し、自分を不幸にすることは起こりえるのです。

210　本が大脳の力を奪う時

大脳は直面するいろんな状況に対して柔軟に考え対応する力をもつ。この柔軟さが大脳の特徴であり、柔軟になれる時にのみその力を発揮する。大脳は新しい状況に対して新しいことを考え出すし、同じ状況に対しても新しいことを考え出す。

本は大脳の考えたことを文字で書き留めたものである。ひとつの状況に対して大脳がどう対応したかという記録である。本が書かれた時に大脳が直面していた状況と今自分が直面している状況は同じでない。すると当然大脳の対応は違ってくる。だから本に書かれたことは参考にはなるが、固執してはならない。本に固執すると大脳の柔軟さを奪い、大脳はその力を発揮しなくなる。

211 本当に夜型人間か

フィリピンのホテルにしばらく仕事で滞在したことがある。そのホテルは照明が極端に暗かった。ろうそくの光より少し明るい程度である。私はこの暗さでは仕事をするのは辛いと思い、自然に早く寝て早く起きるようになった。フィリピンはその頃午後五時半にはかなり暗くなり午前五時半にはかなり明るくなった。それで午後九時前に寝て朝暗い内から起き出し朝日の明るさを堪能した。私は日本にいる時は午後11時頃寝ていた。夏場では外が明るくなっても寝ていることが多い。そういう生活ができたのは昼のように明るい照明があるからこそだと思った。

自分は夜型人間だと言い、真夜中まで眠らず朝は遅くまで眠っている人がいる。そういう人は自分は生まれつきそういう性向であると思っている。しかし実際は昼間のように明るい照明という環境がもたらしたものだろう。もし夜にろうそくの光しかないなら、夜型人間の大半は夜は暗いから早く寝て朝明るくなったらすぐに活動しようと思うだろう。人間の性格や性向は思っている以上に環境の影響が大きい。

212　本に耽ると必敗する

本というのは必ずしも人間に必要なものでない。本がなくても生きていくのに何の支障もない。しかしよく考えることは人間にとって必須のものである。よく考えないと人間は生きていくことができない。

本は人間にとって諸刃の剣である。確かにいろんな知識を与えてくれる。しかし同時にいろんな間違った知識も与えてくれる。本を読めば必ずよく考えてその間違った知識、疑わしい知識を取り除かなければならない。

本はテレビ、ラジオ、インターネットに置き換えることもできる。

本、テレビ、ラジオ、インターネットに耽り、よく考えない。これは必敗である。

213 暴力の正当化がもたらしたもの

なぜ軍備を持とうとするのか。曰く、人間社会にも盗人や殺人者がいる、それを取り締まらなければ社会に暴力が横行するから、警察力で以てそれを取り締まる必要がある、国家の間でも同じである、暴力や殺人で以て自分の国の利益を増やそうとする国がある、そういう国に対抗しなければ暴力が正当化されることになる、それで正義と自国を守るために軍備が必要であると。

この論には、人間は強い暴力で脅さなければ、人を殺し人を害してまで自分が利益を取ろうとするものであるということを前提としている。人を害してまで自分の利益を取ろうとしないなら、盗人も殺人者もいないだろう。他の国を暴力で侵略しようとする国もないだろう。国に軍備が必要であるという論は、人間は強い武力で脅さなければ、人を害して自らが利益を得るものだという前提を土台としている。人間がみんなそういうものなら、軍隊の幹部もそういう性格だろう。その幹部は自分の利益のために人を害し人を殺すということをするだろう。しかも大きな軍隊を持っているのだから、その悪に抵抗できる人は少ない。

人間は悪の暴力に対抗するために軍隊や警察の形で暴力を正当化した。けれど今度はその軍隊や警察が悪のために暴力をふるうということをするのである。人間の暴力による悪を押さえるには暴力で押さえるしかないということで軍隊や警察を正当化した。けれど軍隊や警察が悪のためにふるう暴力を誰が押さえるのだろうか。それを他のもっと強い国の軍隊の暴力で押さえるとする。今度は他のもっと強い国の軍隊が悪のためにふるう暴力を誰が押さえるのだろうか。世界で一番強い国の軍隊であろうか。それならその世界で一番強い国の軍隊が悪のためにふるう暴力を誰が押さえるのだろうか。世界で一番強い国の軍隊や警察はいつでも善をなすのだ、悪のために暴力をふるうなどということはしないのだと人は言うかもしれない。けれど人間は暴力で脅さなければ悪のために暴力をふるうものだという前提のもとに軍隊や警察を正当化したはずだ。人間がそういうものなら、暴力で脅す者がいないのになぜ一番強い国の軍隊や警察だけいつも善であり悪のために暴力をふるうということをしないのだ。軍隊や警察は善人を選抜してあるからだと言うかもしれない。しかし戦争に駆り出されて生命が危ないような仕事に希望者が殺到するだろうか。人を殺すことを仕事とする軍隊に善人が殺到するだろうか。敵を殺すことを忍べないような人が軍隊の中で出世するだろうか。軍隊の中の功績とは、多くの敵を殺し敵の利を奪うことでないのか。それで軍隊で善人が幹部まで出世することは極めて少ないのだ。まず軍隊に入ろうとする善人が少ない。その上たとえ善人が入ったとしても幹部になることは極めて少ない。それで軍隊は善人を選抜してあるのだとはとても言えないのだ。

人間は悪人の暴力を押さえるために軍隊や警察という暴力を正当化した。けれど今度は人間は軍隊や警察が悪のためにふるう暴力に苦しむことになるのである。

214　マイホームの購入は投資である

株式投資や商品投資というと何かうさんくさいもの、危ないものというイメージがつきまとう。株式投資をして大損をしたとか、商品投資をして破産したということを聞いているからである。株式投資や商品投資は危ないと思って決してしない人がマイホームを買うとなるとローンを組んでまで買ってしまう。マイホームの購入は投資と思っていないのである。しかしマイホームの購入は株式投資や商品投資と同じ投資である。不動産に対する投資である。しかもその投資は株式や商品への投資より不利である。株式や商品は公の市場で取引がなされるオープンな取引である。一部の者だけが知っているインサイダー情報により取引することは、インサイダー取引であり法律で禁じられている。情報は市場参加者に平等にオープンになるようになっている。だから素人も玄人も得る情報は同じなのである。一方不動産の取引は不動産業者との相対《あいたい》取引である。玄人はいろんな情報をつかみ、その情報により取引している。こういうインサイダー情報により取引しても何ら違法でない。情報は玄人にはるかに多く、素人に少ない。だから不動産業者との相対取引では不動産業者が有利に立ち、不動産業者によい値段をつけられる。不動産を買う時は実際よりも高く売りつけられ、不動産を売る時は実際よりも安く買いたたかれる。経済のことを知っている人は安易にマイホームの購入はしないはずである。

215　負けた時は勝ちやすい

人間は無意識に今のことから他のことを推測する。今何かで負ければ他のことでも負けるように思う。また十年後も負けるように思う。今何かで勝てば他のことでも勝つように思う。また十年後も勝つように思う。しかし事実は逆なのである。何かで相手が勝ったのは、そのことに力を注いだからである。つまりその一点に兵力を集中したからである。他の点が手薄になっている。また相手は勝ったことで油断が生ずる。それで相手は他の点で負けを来たしやすいのである。負けた時その負けから推測し自暴自棄になるのが一番怖い。負けた時、他の点で勝ちやすい状態になっているということを冷静に見るべきである。

216　マスコミのもたらした恩恵と害悪

マスコミやインターネットの発達は人間に知識の拡散という恩恵をもたらした。同時に外的知識に振り回され自分の内の声がかき消されるようになった。どうでもいいような外的知識に振り回され、肝腎の自分の内なる声を聞こうとしなくなっている。

217　マレーシアは成長するか

マレーシアに行って来た。イポーというマレーシア第3の都市に行くと自動車とバイクが走っているだけで歩いている人や談笑している人をほとんど見かけない。クアラルンプールでは屋外でも人があふれていたのだが。商店がたくさんあるモールに入ると人があふれている。イポーの人は屋内の中で暮しているのだ。おそらく暑いことやスコールがあることから屋外を嫌い屋内生活になっているのだろう。室内ではきついぐらいの冷房をきかしている。（ただし安アパートには冷房はない。）

こういう自然から離れた生活をすると人間の成長に阻害を来たす。商店モールにはゲームセンターやテレビがある。書店に入ると漫画を坐り読みしている子供をたくさん見かけた。外で遊んでいる子供は一人も見かけなかったのに。私はこれを見て将来のマレーシアの成長に疑問を抱いた。少なくとも独創的な人材は育たない。人口のわりに広い国土、十分な天然資源があるからそれなりの発展は期待できるだろうが。

218　道とは

理に従い利を与える。これが道である。

219　道を得る方法

「万物は己に備わる」、だから道も当然己に備わっている。ではその道がどうして己に現れないのだろうか。外物に対する欲や小人《しょうじん》の言葉で本来の自分がおおわれてしまうからである。道を得るには外物を遠ざけ、小人の言葉を遠ざけることである。外物を求め、小人の言葉に親しむだけではいつまでも道を得ることがない。

220　身を守る第一のこと

自分の体や心は一つの有機体であり、調和を保って活動している。測り知ることのできないような微妙な調和が保たれている。自分の外にある水、地、光、動物、植物という外物も地球という大きいレベルで調和を保っている。地球という大きい一つの有機体の中で水、地、光、動物、植物という構成員がそれぞれに働きかけ測り知ることのできないような調和を保っている。外物は地球の調和を保つために存在する。自分というひとつの有機体が外物と交渉しなければならないのもやはり地球の調和を保つためである。自分という一人の人間は、水、光、動物、植物がなければ生きていけない。こういうものは自分が生きるために絶対必要なのである。ところが外物を取りすぎると自分という一つの有機体の調和が乱れる。これが病気である。外物は地球の調和を保つためにある。だから調和を保つために必要とあれば動物でも植物でも平気で殺す。ネズミは猫に殺され、シマウマはライオンに殺される。米は人間に食べられる。もし猫がネズミを食べないならネズミが増えすぎて地球の調和が乱される。もしライオンがシマウマを殺さないならシマウマが増えすぎて地球の調和が乱される。もし人間が米を食べないなら米が増えすぎて地球の調和が乱される。地球の調和を保つために動物も植物も容赦なく殺されるのである。外物は地球の調和を保つために動いている。自分という一つの有機体のために動いていない。水、食べ物という外物が自分という有機体に外から与えられる。これは自分のために自分のことを考えて与えられるのではない。そうすることが地球の調和を保つために必要であるから与えられるにすぎない。外物が与えられるのは、地球の調和を保つために自分という有機体を利用しているのである。自分という有機体が必要とする以上に外物が入った時、自分を甚だしく害することになる。外物は何ら自分のことなんか考えてくれていないのだから、自分という一つの有機体の調和に従い、外物に従わない。これが身を守る第一のことである。古人が健康法として腹八分を説くのもこれがためである。外物はよく人を養うけれどよく人を害すのである。

221 民主主義政治の根本的な欠陥

多数決による民主主義政治の根本的な欠陥は一見利と見えることを求めて政治がなされることである。その利の中に大きな害が潜んでいてもそれに気づかない。深く考える智者ならその害に気づくだろうが、一般の人はそれに気づかない。やがてその害にあてられ大きな苦難に陥る。これは会議による決定も同じである。多くのメンバーが支持するのは一見して利と見えることである。会議による決定も利の中に潜む大きな害に気づかない。だから会社が会議によって動くようになるとその会社はまず衰退する。

222　みんなとは

二十〜三十人の集団でツアー旅行をしている時、「みんなが言っている」というのは、その小さなツアー旅行の集団の多くの人が言っているという意味である。決してその旅行している国の大多数が言っていることでもないし、まして世界の大多数の人が言っていることでもない。そのツアー旅行の世界とは、ほとんどが同じ国の国民の小さな二十〜三十人の集団になってしまうのである。

これと同じことが組織人にも起こる。その組織人の言う「みんなが言っている」とはその組織に属している大多数の人々が言っているという意味である。決してその組織の外の大多数が言っているという意味でないし、まして世界の大多数が言っているという意味でない。組織人にとってはその属している組織が自分の世界なのである。自分の組織の大多数の人が言っておればそれは世界の大多数が言っていることになるのである。

223 無人島ビジネス

フィリピンのセブに行った時のことである。飛行場のあるマクタン島の東海岸には美しい海岸があると聞いていた。ところが行ってみると海岸に沿ってたくさんホテルが建ち、ホテルが自分の土地の境界をはっきりさせ他人が勝手に侵入しないようにするためにコンクリートの壁をつくっている。そして驚いたことにその壁が海岸の波打ち際まで伸びている。この壁があるために波打ち際に沿って歩くことができない。海岸が多くの壁で分断されて海岸の景観をだいなしにしている。マクタン島の海岸には私はずいぶんと失望した。

そんな時、島巡りのツアーというのを見つけた。きちんとしたパンフレットがなく、内容を係の人から聞いただけであったが、マクタン島に失望していた私は島巡りではもっと自然な海岸線が見られるだろうと思い申し込んだ。料金は2500ペソとのことだった。1ペソは約2円である。午前8時出発と聞いていたので午前7時45分頃に行った。するとお客は私一人とのことであった。港湾使用料のようなものを払ってくれと言う。ツアーの費用は2500ペソと聞いており、そんなことは聞いていないと抗議したが、164ペソ払った。日本人の感覚では島巡り観光2500ペソと言うとすべての料金を含んで2500ペソと考えがちである。しかし係のフィリピン人は自分の船の使用料だけを2500ペソと言ったようだ。港湾使用料は別なのである。これ以外にも入場料125ペソ、入島料100ペソ（島に上陸すると小さな無人島は個人の所有物であるため入島料がいるらしい）、バイクのレンタル代500ペソ、バイクの燃料代100ペソを払った。これがフィリピンのビジネスの慣行であるのか、あるいは私にツアーに来てもらうために意図的に料金を少な目に2500ペソと言ったのかはっきりしたことはわからない。

乗客が私一人であったために午前8時前に出発した。三人の男性が船を操縦するために乗っており、その内の一人はまだ子供であった。最初は無人島に行くと言う。三十分ほど船を走らせ無人島に着いた。今は潮が引いている時だそうで、侵食された岩がかなり高く見られた。そして白い砂浜が広がっている。確かにマクタン島の海岸よりは美しかった。

するとその島にいた男が数人私に近づいてきた。取ったはまぐり、巻貝、ウニなどを私に見せ食べませんかと言う。確かに昼御飯は貝料理を準備してあり、料金はこちらが払うとは聞いていた。しかしまだ8時30分ぐらいだから昼御飯時ではない、しかも生の貝では料理とは言えないから、私はこれが私が払うことになっている昼の貝料理だとは思わず、好意で言ってくれているのだと思い、じゃあ少しもらいましょうかと言った。すると今から焼くと言う、まだ腹も減っていないからそんなに早くから焼かなくてもよいだろうと言うと、焼くのに時間がかかるからと言う。今度はきれいな貝の細工や貝の首飾りを持った男が近づいてきて、しきりにあげますと言う。あげます、あげますと言うから私はこれも無料でくれるのか思ったが、さらによく聞くと、一つを買えば一つをあげますということである。一つはいくらだと聞くと1000ペソと言う。これは高すぎるし、私はこういうものに興味がないし、買おうと思えばマクタン島の店でいくらでも買えるから断わった。この時私ははじめて気付いた。しまった、貝も好意でない、私にお金を払わせるつもりだ。行くともう貝を焼いている。いくらだと聞くと3000ペソと言う。私はあまり食べないから2000ペソ分だけ焼いてくれと言った。

その後私は小さな無人島を一周しようとした。すると船を操縦してきた男性が追いかけて来て、私と一緒に無人島を一周し、いろいろと説明してくれた。一周してもとの所に帰ると貝が焼けたと言う。見るとはまぐりと巻貝を合わせて10個ほど焼いてある。今は食欲がないからここで食べずに船の中で食べるから船に運んでくれと言った。するとお金は今払ってくれなければ困ると言う。代金は2500ペソと言う。私は2000ペソ分焼いてくれと言ったはずだと言ったが、相手は2500ペソと言って譲らない。私はここで状況を考えた。ここは無人島であり、逃げることもできなければ、助けを呼ぶこともできない。しかも相手は男性が7~8人おりそうである。ここで喧嘩になればこちらが身ぐるみはがされる危険があるし、下手をすれば殺される可能性もある。それで私はわかったと言い2500ペソ払った。これは無人島ビジネスというものだろう。これが無人島でなければ私はそう簡単に折れなかったはずである。周りに人がいるし、逃げようと思えば逃げることもできる。この貝殻を持ち帰ってどのくらいの相場か調べてから払うと言い、その場で払うことはしなかっただろう。

私はツアーが終わって帰る船の中で午後1時30分頃この貝を食べた。単に焼いてあるだけの貝でありおいしいとは思わなかった。物価の高い日本でも5000円も出せば豪華な料理が食べれるのにと思いながら食べた。船の操縦をしている一人がいくら払ったのだと聞くから2500ペソだと言うと、

ま行

店で買えば50ペソだろうなと言う。無人島ビジネスは50倍の値段で売る商売ができるのである。

224 名作の生き残り方

深遠な理を説く書物は爆発的に読まれない。理が深遠だから深く考えなければわからない。深く考える人は少ないから読む人が少なくなる。だから爆発的に読まれないのである。しかしいつの時代にも深く考える人が少数いる。その少数の人がその書物を理解し、次の世代に伝える。それでいつまでも読まれることになる。

これが名作の生き残り方である。決して百万部のベストセラーで生き残るのでない。

225 珍しいものと珍しい見方

人は珍しいものをありふれた見方で見ようとする。私はありふれたものを珍しい見方で見ようとする。

226 物が集まる

老子第二十二章に「窪則盈（窪《くぼ》めば即ち盈《み》つ）」とある。非常に感銘深い言葉である。水は必ずくぼんでいる所に流れる。高い所に水が流れることはない。自分が優れていると思ったりして自分を高くすると物は集まらないのである。人にへり下り自分を低くすると自ずと物が集まる。

227 物がよく売れるためにはどうしたらよいか

人間は不幸な時に物が必要になる。寒い時には防寒具が必要になる。病気の時には薬が必要になる。人間を不幸な状態にすればするほど物がたくさん必要になる。それで物がたくさん売れる。厳寒であればあるほど冬物がよく売れる。酷暑であればあるほど夏物がよく売れる。だから物がよく売れるようにするためには人間を不幸にすればいいのである。

資本主義社会は物をたくさん売ることで成り立っている。物がたくさん売れると好況になり、人々の収入は増える。物が売れないと不況になり多くの会社が倒産し人々は路頭に迷う。物がたくさん売れるようにするためにはどうすればよいか。人間を不幸にすればいいのである。

228　よい国、よい県はどうすればわかるか

ある人が他県から徳島県に引っ越してきた。隣の人に挨拶に行くと、「徳島県はよい所ですよ。梅雨の頃が少しうっとうしいですが。」と言う。話をしていると、その人は徳島県しか住んだことがないと言う。ある人は思った。「徳島県しか住んだことがないなら、他県と徳島県を比較することができない。よい悪いは他県と比較してはじめてわかるものでないのか。徳島県しか住んだことがないなら、どうして徳島県はよい所と言うことができるのか。」

これと同じことは国についても言える。多くの日本人は日本しか住んだことがない。それでいて「日本はよい国ですよ。」と言う。よい悪いは他国にも住み、他国と比較してはじめて言うことができる。

229　よいものを安く買うには

先日自然食品店で有機ＪＡＳマークのついた小豆を買った。小さな袋が６０５円であった。通常のものなら同じ量が３００円未満で買える。私は高いと思いしばらく買うのを躊躇した。同じ小豆の同じ量が倍も値段が違うから躊躇したのである。ところが食事のカテゴリーで比較したらどうだろうか。外食をすれば安くても６００円、じきに１０００円以上とられる。一回の食事でその小豆を一袋食べてしまったとしても、それに主食の値段を加えたとしても、一回の食事で１０００円になることはな

い。外食をするのに比べればずっと安い買物である。しかも最高級の小豆を食べることができる。値段の比較は同じ種類の物ですべきでなく、機能で分類した大きなカテゴリーの中ですべきである。同じカテゴリーの中の安い種類の中の高いものを買えばよいものを安く買うことができる。

230 よくしゃべる人はまず知らない

自分の知っていることよりも知らないことがずっと多い。だから真に知っている人はあまり言わない。知り顔にぺちゃくちゃしゃべる人はまず知らない。

231 予測しなかった事態が起こった時は大きなチャンスである

予測しなかった事態が起こるとたいていの人は怒ったり、深く嘆いたり、あるいは自暴自棄になったりする。しかし予測しなかった事態が起こった時は大きなチャンスなのである。自分がこういうことが起こると予測していなかったのだから、たいていの人もこういうことが起こると予測していない。こういうことが起こると予測していないのだから、たいていの人はそれが起こった場合の備えをしていない。それでそれが起こった場合に対応する能力を持たない。自分が今起こった予測しなかった事態に何とか対応し乗り切るなら、こういうことが起こった場合にも対応できる能力を身につけることになる。これはたいていの人がつけようと努力していない能力だから、たいていの人はそういうことができない。人のできない能力を持つことになるのだから、それはやがて価値が出て、人に尊重される。

232　予定通りにすることは大事なことか

今月はこれをして来月はこれをする、今年はこれをして来年はこれをすると予定を立てることがある。しかしその予定通りに進まないことが多い。それは予期していなかった外部的ことが起こったことが原因となることがある。しかし自分の考え方が変わったことが原因となることがむしろ多い。

三十歳の時に人生の予定を立て、その予定通り実行し七十歳になった人がいるとしよう。これはその人の考え方は三十歳の時からひとつも進歩しなかったということを示している。考え方が進歩すれば予定通りにしなかっただろう。

233　四万メートルも上にあがるにはどうすればよいか

十分間に一歩、少なくとも一時間に一歩上がることが大事である。一時間に一歩上がれば、一歩を少な目に考え0・5メートルとしても一日で12メートル、一年で4，380メートル、十年で43，800メートルの上まで上がることができる。4万メートルも上にいるのを見て、人はいつのまにそんなに高い所まで上がったのかと思う。理屈は簡単である。一時間に一歩上がっただけである。十分間で一歩上がるなら十年間で262，800メートル上がることができる。一分間で一歩上がるなら十年間で2，628，000メートル上がることができる。一分、一秒を無駄にしないことが大事である。

234　理解できることと理解できないこと

人間の大脳がつくったものは、人間の大脳で100％理解できる。それができないのは単に努力が足らないだけである。一方自然がつくったものは人間の大脳で理解できるかどうかわからない。できるかどうかわからないことをするのは単に時間の無駄である。人生は時間を無駄にできるほど長くはない。

235　理で勝つと勝利が永続する

人にほめられるから自分が勝ったとか、人と同じだから自分が勝ったとかいうのは、勝利が一時的なのです。今ほめられても、後にまたほめられるとは限りません。今、人と同じであっても、時間が経てば変わってきます。それに比べて自分に理があるから勝ったというのは勝利が永続的なのです。そのことを考えるたびに自分に理があるから自分が勝ったと思います。だから人と喧嘩をする時、理で勝っているという状態にしておかなければなりません。理で勝っておけば人がどう思うかということで一時的に負けても、後に何回も勝つことができるからです。

236　理に基づかない慣習

ある環境では当然のことでも少し環境が異なるとそれが当然のことでなくなる。理に基づかずに単なる慣習でなされているからである。

237　理の力

ものの理を知れば人間は神のような力を発揮する。その理を使ってものを自由に動かすことができるからである。現代の科学技術の発達もものの理を知ったことから生まれて来ている。自然の理を知り、その理を利用していろんな文明の利器をつくったのである。自然の理の一端を知ったことが文明の利器が発達した源となっている。

238　理のわからない人

理は万人を益するものである。だから自分の利ばかりを考えている者にはとても理はわからない。

239　理を求めようとする者が理を求めようとしない者に負けることはない

理を求めようとする者と理を求めようとしない者がおれば、理を求めようとする者が負けることはない。なぜなら理を求めようとする者はいつか理を得る可能性があるが、理を求めようとしない者は決して理を得ることがないからである。

240　列車内で大きな声で話をしてはいけないのに待合室の大きなボリュームのテレビはいいのか

今の日本では列車内で大きな声で話をしてはいけない、列車内で携帯電話で話をしてはいけないということになっている。大きな声は人に迷惑だと言うのである。ところがＪＲの待合室、フェリーの中などではよくテレビを大きなボリュームでつけっ放しにしている。このテレビの音も人の話し声である。このテレビの話し声は人に迷惑でないのか。テレビから出る人の話し声は人に迷惑と思っていないのに、人が話す話し声は人に迷惑だと言うのである。完全に矛盾したことをしている。人の話す声が迷惑だと言うならばテレビも人の話す声だからテレビはすべて切らなければならない。テレビの音が迷惑だと思う人もいるからである。こう指摘するとＪＲなどはどう反論するのだろうか。「テレビは楽しいものだからお客さんに楽しんでもらうためにつけている。列車の中で大声で話すと迷惑に思う人がいる。」とでも言うのだろうか。テレビをつけていると迷惑に思っている人もいる。また大声で話すから見知らぬ他人にもその会話が聞こえ、その人も会話に参加し、より楽しい時間を過すこともある。人の会話は不可でテレビは可という論理は成り立たない。

241　老子の文章

老子の文章は深遠で微妙である。人間知に満ちている。

242　労働は尊いことか

人間は何のために働くのでしょうか。生きるためです。生きるためには食料を手に入れる必要があります。食料がなければ人間は餓死します。生きるためには体を寒さから守ってやる必要があります。そのためには体を衣服で包む必要があります。また家をつくり冷い風から身を守る必要があります。衣服や家がなければ寒い所では凍死します。家はまた雨で体が濡れ体熱を奪われることも防ぎます。人間は生きるために働いて食料を得、衣服をつくり、家をつくっているのです。

それでは今仕事をしている人は皆食料をつくったり、衣服をつくったり、家をつくったりしているかというとそうでありません。そういう仕事に従事している人は一部の人達です。商店では多くの人が物を販売しています。会社では多くの人がデスクワークをしています。工場では多くの人が自動車をつくったりテレビをつくったりしています。こういう人達は自分が食料をつくったり、衣服をつくったり、家をつくったりしていないのにどうしてこのような物が手に入って生きることができるのでしょうか。それは人間社会が貨幣社会だからです。このような人達は商店で販売したり、会社でデスクワークをしたり、工場で自動車やテレビをつくったりしてお金をもらいます。そのお金で食料、衣服、家を購入して餓死や凍死から免れているのです。家の場合は購入せず賃借で、住む権利だけを買うこともあります。

餓死しないだけの食料、凍死しないだけの衣服、家を得ることができたら、働く目的は達したからそれでもう働かなくてもよいように思います。それでも人はまだ働いています。それは作物には豊凶があり､凶作で食料がほとんど取れないことがあるからです。そういう時のために働いて余分の食料、余分の金を蓄えておく必要があります。家も台風などで吹き飛ばされてしまうこともありますから、これも手元に金を置いておいて､吹き飛ばされるといつでも建てれるようにしておく必要があります。ところが凶作のための準備も十分にできて、家が吹き飛ばされた時の準備も十分にできたのに人々はまだ働いています。なぜかと聞いてみると、このあたりにない珍しい物を食べたいから金がいると言います。今の家で寒さを防ぎ雨を防ぐのには十分なのだけど、もっと大きく華美な家がほしいからだと言います。今の衣服で寒さを防ぐのは十分なのだけどもっと高級な生地のもっと華美な衣服がほしいからだと言います。またテレビ、自動車、高価な宝石もほしいからだと言います。

しかし珍しいものを食べなくても人間は生きられます。大きく華美な家に住まなくても人間は生きられます。高級な生地の華美な服を着なくても人間は生きられます。するとこういう人達は生きるために働いているのでありません。こういう人達は自分の欲のために働いているのです。

労働は尊いことと言われます。人間は労働で生きるために必要な食料や衣服や家をつくっているからです。確かに労働は尊いことです。しかし自分の欲のために働く労働は尊いものでしょうか。自分の欲のために働かない人は怠け者なのでしょうか。自分の欲のために働かない人は決して怠け者でありません。自分の欲のために働く人はむしろ卑下すべきでしょう。

著 者 今倉 章

1953年生まれ。山口大学文理学部文学科英文専攻卒業。高校の英語教員を2年間した後、京都大学大学院文学研究科中国哲学史専攻修士課程修了。英語教師や学習塾の経営をした後に徳島大学医学部医学科卒業。その後は医師として働いている。

注釈書

『注釈孫子国字解上』 ISBN 9784909001009

『注釈孫子国字解下』 ISBN 9784909001016

ホームページ http://www.ne.jp/asahi/akira/imakura

e メール akiraimakura@hotmail.co.jp

想ひ 一 omoi 1

2018年2月20日 初版第1刷発行

著 者 今倉 章

発行者 今倉 章

発行所 株式会社希望

徳島県阿南市羽ノ浦町中庄大知渕2-3

電話、ファックス 0884-44-3405

URL http://kiboinc.com

e メール kiboincorporated@gmail.com

印刷製本 徳島県教育印刷株式会社

万一乱丁、落丁がございましたら、小社までお送り下さい。

送料小社負担でお取り替えいたします。

ISBN 9784909001023

Printed in Japan

株式会社 希望　発行書籍

注釈孫子国字解上　荻生徂徠著 今倉　章注釈

定価　1,836 円（税込み）　ISBN 9784909001009

孫子国字解は、日本の誇る頭脳、荻生徂徠が孫子を平易に解説した本です。

孫子国字解は 1700 年頃の日本語でかかれているため、原文を読んでも意味はほぼわかります。しかし現代では見慣れない言葉も使われており、細かい所はわかりにくい所があります。また原文は旧漢字、旧仮名遣いであり、見慣れない漢字も少なからず出てきます。それで新漢字、現代仮名遣いに改め、難しい漢字にルビをふり、わかりにくい所をわかりやすく注釈し、孫子の原文には、書き下し文とピンインをつけ、注釈者のコメントを加えた本を出版しました。それがこの注釈孫子国字解です。注釈者のコメントは主に孫子を現代に役立てるという観点からしています。

注釈孫子国字解上は 1 篇～ 7 篇を収録しています。

注釈孫子国字解下　荻生徂徠著 今倉　章注釈

定価　1,836 円（税込み）　ISBN 9784909001016

孫子国字解は、日本の誇る頭脳、荻生徂徠が孫子を平易に解説した本です。

孫子国字解は 1700 年頃の日本語でかかれているため、原文を読んでも意味はほぼわかります。しかし現代では見慣れない言葉も使われており、細かい所はわかりにくい所があります。また原文は旧漢字、旧仮名遣いであり、見慣れない漢字も少なからず出てきます。それで新漢字、現代仮名遣いに改め、難しい漢字にルビをふり、わかりにくい所をわかりやすく注釈し、孫子の原文には、書き下し文とピンインをつけ、注釈者のコメントを加えた本を出版しました。それがこの注釈孫子国字解です。注釈者のコメントは主に孫子を現代に役立てるという観点からしています。

注釈孫子国字解下は 8 篇～ 13 篇を収録しています。

株式会社 希望

〒 779-1101　徳島県阿南市羽ノ浦町中庄大知渕 2 番地 3

電話番号：0884-44-3405　ファックス：0884-44-3405

メールアドレス：kiboincorporated@gmail.com

URL：http://kiboinc.com